ふたりの渚

水平線を見に行こう!

伊坂勝幸

Isaka Katsuyuki

幻冬舎MC

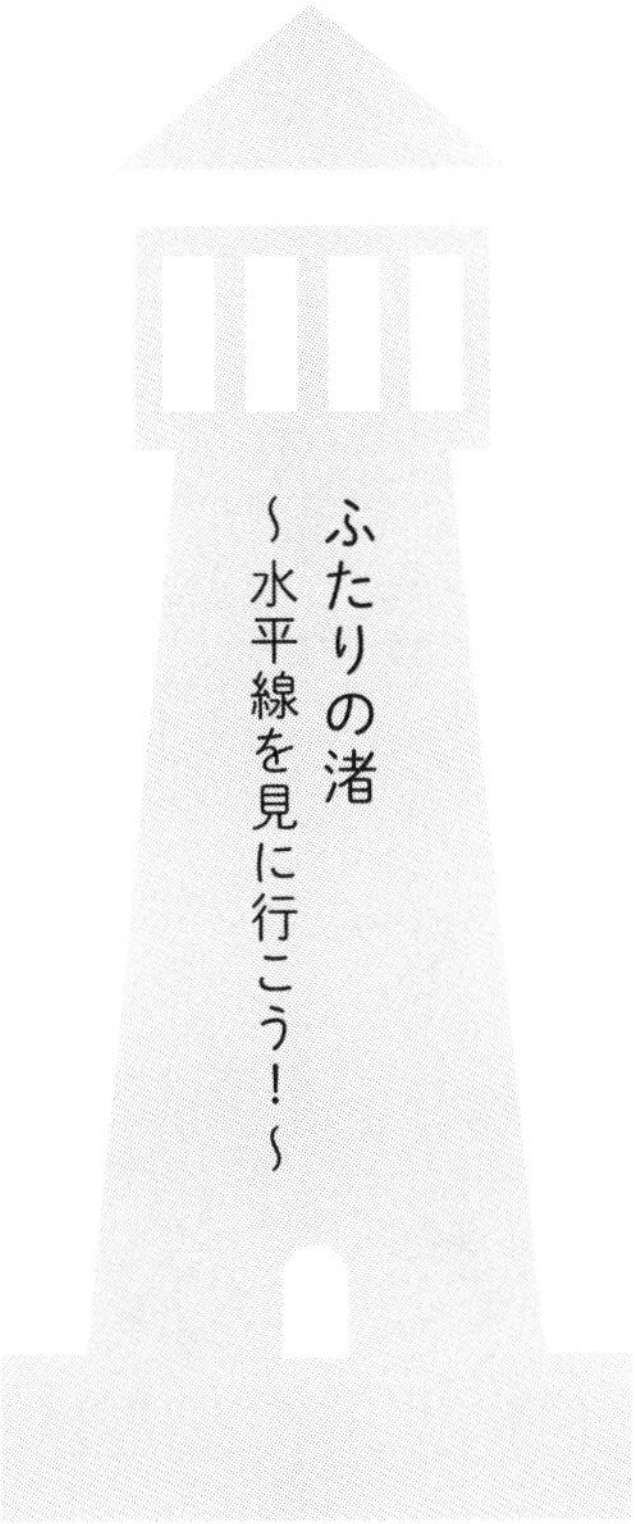

ふたりの渚
～水平線を見に行こう！～

目次

プロローグ　SNSおそるべし　5

第1灯目　高山ラーメンと古い町並み　15

第2灯目　月見櫓《つきみやぐら》と河童橋《かっぱばし》　39

第3灯目　目指せ！　本州の最南端　51

第4灯目　灯台めぐりプロジェクト始動！　67

第5灯目　伊良部大橋《いらぶおおはし》もジンベイザメもすごかったの旅　81

第6灯目　宇曽利湖《うそりこ》の神秘と立石寺《りっしゃくじ》の絶景をめぐるみちのく旅　109

第7灯目　赤レンガ倉庫と江ノ島の夕日が映《は》える旅　145
第8灯目　伊勢名物の和菓子とラッコで有名な水族館の旅　161
第9灯目　ジンギスカン鍋と魔法のテーマパークを満喫する旅　175
第10灯目　アマテラスの世界と難読駅名の旅　199
第11灯目　参観灯台めぐり完結と新たなる旅立ち　221
エピローグ　終わりの始まり　233
あとがき　242

◎本作品はフィクションです。実在の人物・団体などとは関係ありません。
◎参観灯台の写真は『公益社団法人 燈光会』のホームページで見ることができます。
◎灯台の情報をデジタル画像化した「灯台カード」は海上保安庁のホームページをご覧ください。

プロローグ

SNSおそるべし

プロローグ　SNSおそるべし

日曜日の夕方、帰宅した池江渚《いけえなぎさ》はお疲れモードだ。交通案内所勤務なので、日曜日は多くの観光客の対応で平日より神経を使うことが多く気疲れする。明日は休みだから今は何もしたくないが、一人《ひとり》暮《ぐ》らしなので自分が食事の支度《したく》をしないと飢《う》え死にしてしまう。

冷蔵庫を開けたが大した食材がないので、棚の中をのぞいてパスタとミートソースの缶を取り出す。生野菜の代わりに、冷凍野菜を盛《も》った皿をレンジに入れた。およそ30分後に一人分の夕食ができ上がったが、何か物足りないと思いワインの準備をする。テレビを見ながら食事をする……旅番組の特集を見ていたらなんとなく旅行へ行きたい気分になった。

食事の後かたづけをしてから、ノートパソコンをテーブルに置いて、ワインを飲みつつ旅行サイトを見る。旅行サイトからSNSへと関心が移り、あるブログに目がとまった。『なぎさの旅日記』というタイトルに興味を感じて、プロフィールを見てみたら……。

私の名前は渚と言います。名前の由来は近くにある川の川岸に寄《よ》せるさざ波を見て祖父が考えたそうです。ちなみに私が住む地区の地名に渚という字が使われていて、鉄道の最寄り駅がなんと渚駅なのです。
有名観光地に勤務する、旅行大好き女子です。

読み終えた渚は、『私と同じだ！』と思った。すると急に親近感がわいてきたようで、メールを送ってみようかと考えて実行する。

初めまして、私の名前も渚と言います。
プロフィールを拝見《はいけん》して驚《おどろ》きました。名前の由来も住んでいる地名も最寄り駅の駅名も全部同じです。もしかして、ご近所さんなのかと思っています。
それから私も有名観光地に勤務していて、旅行が大好きなヴァンサンカンです。
よろしければお話しませんか？

メールを送った後も旅行関連の情報検索《けんさく》を続けたが、眠くなってきたので入浴タイム。音楽を聴《き》きながらのまったりとした入浴が終わり、再びワインを飲みながらお気に入りのテレビドラマを見た。テレビドラマが終わり、メールの返信がきているか確認する。

渚さん、初めまして、そして、こんばんはです。メールを見て奇遇《きぐう》だなって思いました。ご近所さんかもしれませんね。私は観光客向けのおみやげ店で働いています。そちらの渚さんも高山《たかやま》駅周辺で働いているのですか？

言い忘れましたが私はあなたより一つ年上の26歳です。


池江渚はコメントを読んで驚いた。

『高山って何よ！　私の勤務地は松本なのに……』

そう思うと同時に、この疑問を確かめてみようと検索開始。『渚駅』で調べると、長野県松本市の渚駅と岐阜《ぎふ》県高山市の渚駅が表示された。どちらの駅名由来も川の様子らしきことが書いてあり、駅の住所にも渚の文字がある。自分の名付け親が祖父だということまでは同じだけれど、住んでいる場所だけが全然違《ちが》っていた。

急に眠気が吹っ飛び、このまま放置して寝る気にはなれない。高山市の渚さんへ再度メールを送信する。

岐阜県高山市の渚さんへ
ご近所さんだと思っていましたが、私は長野県松本市に住んでいる渚です。
渚駅って2ヶ所あるとは知りませんでした。私は池江渚と申します。松本駅付近の交通案内所勤務です。「海なし県」なので海が見られる観光地に憧《あこが》れています。そちらの渚さんはいかがでしょうか？

池江渚がコメントを送ると、しばらくしてメールが届く。

長野県松本市の渚さんへ
隣《となり》同士の県だけど、全然ご近所さんじゃないのね。ウチはJRの渚駅だけれど、あなたはアルピコ交通上高地線の渚駅なのね。駅名由来が飛騨川《ひだがわ》と梓川《あずさがわ》の違いはあったけれど、住所にも渚の文字があって面白いわね。申し遅れましたが私は白石渚《しらいしなぎさ》と言います。女優さんみたいな名前だってよく言われるけど、実物は平凡なんですよ。「海なし県」だから海が見える観光地に憧れるという点は同じですね。海が見える観光地だったら、どこへ行ってみたいですか？

白石さんからのメールを読み、池江渚は今日の疲れが消えたかのごとくテンションが上がっている。メールが質問で終わっているので、すぐに返すのがマナーだと思い考えてみる。最近は旅行に行っていないから、自分が行きたい場所なんて思い浮かばない。

社会人になってからカレシはつくっていないし、旅行へ誘いたい友だちは結婚してしまい誘いにくいのだ。もしかしたら、高山市の渚さんとお近づきになれば一緒《いっしょ》に旅行ができるかもと考えた。

白石さんへ
女優さんのような名前と言われるなんて……とてもうらやましいです。私の場合、同じ渚なのに、小学校の時に男子からつけられたアダ名が「サンズイ」でした。池江渚はサンズイだらけなので仕方がないのだけれど、すごくイヤだったわ。祖父が「清」で父が「渉」で弟が「涼」という名前だから……変な家系なのよね。
海が見える観光地のことですが、よろしければ会って話がしたいです。飛騨や高山へは行ったことがないのでとても興味があります。ご都合が良い時にでも案内していただけないでしょうか？

池江さんへ
今までに誰《だれ》かを案内したことはないので正直言って迷っています。日帰りにしても泊《と》まりにしても、具体的に行きたい場所があればネット検索やガイドブックで観光できますよね。私が案内しなくても楽しめると思います。

白石さんへ
そうですよね。会ったこともない人から案内してほしいって言われても困っちゃいますよね。一人旅にチャレンジする勇気がないので、無理を承知で言ってしまいました。気を悪くさせたのでしたら本当にごめんなさい。

池江渚はメールを送信した後で、もう返信は来ないかもと思っていた。

池江さんへ
ちょっと聞いてもいいかしら。もしも池江さんが私を案内するとしたら……松本界隈《かいわい》ならばどんな場所を考えたりしますか？

少し間が空いたが白石さんからのメールが届き、池江渚はホッとしている。

白石さんへ
そうですね……やはり松本城がメインになると思います。私にとって松本城周辺は、子供のころから慣れ親しんだ場所です。中学生の時にクラスメートから告白されたり、幼稚園の遠足でお堀に落ちかけて大泣きしたり……個人的な思い入れが強いですけれど、国宝なので見ないと損です！

池江さんへ
国宝である松本城は興味がありますよ。それでね、確認したいことがあります。私のお気に入りのブログの話なんですけど……。そのブログのタイトルは「なぎさの独り言」です。何度か見たことがあって、いろいろなエピソードが書いてあってとても面白いの。その中で「幼稚園の時に松本城のお堀に落ちそうになった」というのを読んだ記憶《きおく》があるけれど、もしかして池江さんのことかしら？　違っていたらごめんなさいね。

白石さんへ
私のブログを読んでくれていたなんて……驚きを通り越《こ》して感動しています。ブログに書いてあるマヌケな幼稚園児は私です！　こんな偶然《ぐうぜん》ってあるのね。やっぱり名前が同じだから興味をひかれたのでしょうか？

池江さんへ
名前が同じだからというのは否定できませんね。エピソードを読ませていただいていますが、最近は全然更新《こうしん》されていませんよね？

白石さんへ
はい。社会人になったころから自分に起こった出来事のグチとかを書いていましたけれど、最近は書くネタもなくてサボっていました。

池江さんへ
私たちの接点って1年以上も前からあったのね。いいわよ、案内させていただきます！　池江さん自身にも興味があるから会って話がしたいです。

池江渚は出勤予定表を見て、平日と休日の候補となる日を確認する。

白石さんへ
うれしさのあまり飛び上がっちゃいました。お言葉に甘えて、私が行けそうな日をお伝えします。平日と休日のどちらか都合が良い日をお選びください。今夜はもう遅いので、また明日にでも……おやすみなさい。

数分後、『おやすみなさい』というメールが届いた。白石さんってどんな人なんだろう……池江渚は会える日がまだ決まっていないのにワクワクしている。
ちょっとした偶然でメールのやり取りをして、お互いに親近感を抱いて会う約束までする関係に発展した。SNSおそるべし……と思いながら眠りにつく。

第1灯目
高山ラーメンと古い町並み

第1灯目　高山ラーメンと古い町並み

洗濯《せんたく》や掃除《そうじ》に買い物……いつもと変わりばえのない休日をすごしている池江渚である。午後6時すぎに、ノートパソコンを起動してメールが届いているかをチェックする。まだ1日しかたっていないので、残念ながら白石さんからのメールは届いていなかった。

こちらから催促《さいそく》するとせっかちな女だと思われるかもと気になり、返事がくるのをひたすら待つ。30分ごとにチェックをしたが午後10時をすぎてもメールはない。あきらめて風呂に入ってから寝ることにした。

その翌日もメールは届かなかった。『お仕事が忙しいのかしら……』と、池江渚は考える。もしかしたら忘れちゃったのかな……そんなことを思いながら1週間がすぎたころ、ようやくメールが届いた。

池江さんへ
連絡が遅くなってゴメンね。ちゃんと案内したいので、2日間の休みが取れる日を調整してみました。ようやく決まったのでお伝えします。高山祭りが行われる時期じゃないから平日はヒマです。ということで、6月の最初の火曜と水曜でどうかしら？　良かったらですが、ウチに泊まってもいいわよ。私が松本へ行った時に泊めてもらえたら……なんて下心はありますけど。

池江渚は感激している。ちゃんと案内したいから2日間も休みを取ってくれるなんて、自分にはそんな気配りも発想もなかった。白石渚さんは自分とは違う『ちゃんとした人』という認識《にんしき》をすると同時に、泊めさせてもらっても良いのかなと思案する。

白石さんへ
休みの調整をしてくださり、ありがとうございます。6月の平日ですね。了解《りょうかい》しました。それから、本当に泊めさせていただけるのでしたらお願いしたいです。もちろん、白石さんが松本へいらした時はウチに泊まっていただけたらと思っていますよ。私の持論《じろん》ですけど、観光地って朝と昼と夜とでは雰囲気《ふんいき》が違ったりします。たとえば国宝松本城ですが、朝はすがすがしく、昼は観光客でにぎわい、夜はライトアップされてひっそりと静まりかえった雰囲気が味わえる。では、1泊2日で楽しみたいと思うのでヨロシクです！

池江渚からの返信メールを読んだ白石渚は……。ウチに泊まってもらうことで、松本へ行った時は泊めさせてもらうというねらいが成功したと思い顔がニヤけている様子。JRで渚駅から松本駅へ向かう場合、片道の交通費が約5000円だから往復だと1万円だ。節約のためには、お互いの家に泊まるのが最善策というわけである。

池江さんへ
往復の交通費が1万円くらいかかるので宿泊代を節約できるのはお互いにメリットがありますね。高山市の渚駅に到着する時刻が決まったら、駅まで迎えに行くので連絡してください。それから、飛騨や高山界隈で行ってみたい場所や見てみたいものがあったら教えてちょうだい。

白石さんからのメールを見て、池江渚は『あれっ？』と思う。往復で1万円もしないハズと考えて検索してみる。すると高速バスを使えば運賃も安くなり時短にもなると判明した。白石さんとは面識がないので、失礼のないように別ルートを提案。

白石さんへ
渚駅へは高速バスで行こうかと考えています。往復ならば約8000円なので鉄道よりはお得だし早く到着できるみたいですよ。アルプスライナーってご存知ですか？　よろしければチェックしてみてください。今のところ、正午の少し前に到着するバスで向かう予定です。
それから行ってみたい見てみたい所……。決まったら連絡します。

池江さんからのメールを見た白石渚は、交通案内所勤務の渚さんは自分にはない知識が豊富なのかもと思ったりした。アドバイスに従って『アルプスライナー』を検索。往復で２０００円も安くなり２時間以上も時短になることがわかった。池江さんのおかげで、列車よりもバスのほうがおトクで便利なこともあると知りうれしい気分になる。メールのやり取りをしているうちに、池江さんと会う日が待ち遠しくなってきた。

６月最初の火曜日のお昼すぎ、池江渚は高山市の渚駅口バス停に到着。バスを降りて見回すと、少し離れた場所に軽自動車が停《と》まっている。車から出てきた女性が自分を見ているので何気なく手をふってみた。すると相手も手をふってくれたので『渚さんですか?』と声をかけると……。『あなたも渚さん?』と、声が返ってきた。

池江渚が白石渚に向かって歩き出すと、白石渚が手招きをする。お互いの距離が近づき二人《ふたり》は初対面のあいさつをした。

「ようこそ高山市へ、やっと会えたわね」

「ハイ！　お会いできてうれしいです」

「そんなに年齢が離れていないからさ、普通にしゃべろうよ」

「そうですよね。では、友だちってことでヨロシク！」

池江渚が手を差し出すと、白石渚も手を出して握手をした。

「さあ、乗って」

「ハイ！」

池江渚が車に乗り込むと白石渚が問いかける。

「着いたばかりだけど、明日は何時のバスで帰るつもり？」

「16時50分の高山バスセンター発で帰ります」

「つまり渚駅よりも高山駅だったら遅くても大丈夫ってことなのね」

「そういうことになりますね」

「今からだと約28時間あるから、いろいろと行けそうだけど行きたい場所は？」

「まずは、空腹を満たしたいです！」

「高山ラーメンでいいかな？」

「ハイ！　食べたいです」

「高山陣屋《じんや》に向かうわよ。せっかくだから高山ラーメン発祥《はっしょう》の店に行ってみる？」

「ハイ！　お願いします」

「あのさ、さっきからハイってテンション高いけど大丈夫？」

「うれしくってワクワク感が止まらないの」

「それよりさ、ふたりの名前が同じだから何て呼ぼうか……」

するとと池江渚は即答《そくとう》する。

「私は長女だからお姉さんに憧れているの。だからお姉さんって呼んでもいい？」

池江渚の申し出に白石渚はとまどう。

「私も長女だけどアニキが二人の末っ子だよ。お姉さんなんてピンとこないけれど……。まあいいか……、だったら私は『イケちゃん』って呼んでいいかな？」

「言われたことないけど新鮮な感じ……いいですよ」

二人の最初の目的地は高山ラーメン……まずは腹ごしらえからのスタートとなった。

高山陣屋付近の駐車場に車を停めて徒歩で移動。店の前には数人の客が並んでいたが、すぐに順番がきて入店する。青く染められたのれんを分けて入ると、店内の柱には『水曜定休日』という文字があった。

『明日にしなくて良かったわね』と、お姉さんが言う。

『ホント、ラッキーって感じ』と、イケちゃんが言った。

空いている座敷《ざしき》へ行くと創業当初の写真が飾られていた。中華そばを注文すると、お姉さんがイケちゃんに問いかける。

「この後はどこへ行きたいの？」

「あのね、車で案内してもらえるって思っていなかったから……」

「つまり、何も決めてなかったの？　もしかして完全におまかせってことかしら」

「初日はね、昼と夕方の古い町並みを見てみたかったの。後はね、お姉さんと一緒に考えようかなって……」

イケちゃんは中々の甘え上手《あまじょうず》みたいだ。お姉さんも『お姉さん』と呼ばれて、妹分ができた気分になりうれしそうな様子である。

しばらくして注文の品がテーブルに置かれ、イケちゃんはスープの色を見てつぶやく。

「想像していたよりも濃い色をしているわ」

「カツオ出汁がベースの醤油《しょうゆ》スープよ」

イケちゃんがレンゲでスープを飲んでみると……びっくりした顔で言った。

「すっきりしていて、醤油の香りが華《はな》やかでコクがある！」

スープの感想を言ってから黙々と食べ始めた。お姉さんも、ひさしぶりに食べる名店の味を楽しむ。

イケちゃんは時々お姉さんを見て、ニコッと笑い再び食べるをくり返す。

『お酢を入れて味変してみたら……』と、お姉さんが言う。

すぐにイケちゃんは実行する……相変わらずうまそうに食べている。どんぶりを両手で持ち上げて最後の一滴までスープを飲みほす。

「見事な食べっぷりだこと……」

「明日も食べたいけど定休日なのよね……残念だわ」

「他にも美味《おい》しいものはあるわよ」

「たとえばな〜に？」

「そりゃなんて言ったって飛騨牛《ひだぎゅう》でしょ！」

「お肉大好き！　スイーツは？」

「みたらし団子とか果物もあるよ。リンゴとか桃だけど」

午後1時半をすぎて空席が目立つ。お姉さんは聞いてみたかったことを問いかける。

「ねえ、仕事のことを聞いてもいいかしら……」

「構いませんよ。何でも聞いてください」

「交通案内所で働いているってメールに書いてあったわよね。それって観光案内所みたいな感じなの？」

「松本駅の東口のロータリーの近くに商業ビルがあるの。そこにバスターミナルがあって観光客にチケットを販売したりしています」

「要するにバス会社の社員ってことかしら」

「はい。バスだけでなく鉄道の会社でもありますけど」

「忙しいの？」

「週末や休日は人の流れが多いので大変です。もう慣れましたけど……」

「イケちゃんのブログには、お客さんに対するグチが書いてあったわね」

「ブログで発散していました！……ねえ、お姉さんはどんな仕事しているの？」

「私はね、観光客相手のおみやげ屋さん。高山駅から東へ11分くらい歩くと川があって、その先に古い町並みって呼ばれる建造物保存地区があるの……その中にお店があるわ」

「お店番とかしているの？」

「アルバイトしていた時は店番だけだったけど、今は店番よりも仕入れとか経理の仕事がメインかも……あとは配送業務とかホームページとか」

「アルバイトって……ずっと同じ場所で働いているの？」

「高校を卒業してからはさ、専門学校へ行ったり信用金庫で働いていたの。おみやげ屋で働くようになったのは3年くらい前からよ」

「ホームページって何するの？」

「新商品の紹介とか、高山祭りの情報とか、まあそんな感じね」

「やっぱり仕事のお休みって平日なの？」

「そうよ。イケちゃんも似たようなものでしょ」

「はい。だから一緒に遊べる人がいなくって……休日はいつも家事で終わっちゃうの」

「私も同じだわ。もう慣れちゃったけど、このままじゃね……」


高山ラーメンを完食して店を出ると、古い町並みエリアへ移動する。江戸時代の城下町の雰囲気が残っている建物が並んでいる様子を見て、イケちゃんのテンションはアゲアゲ状態である。地元の松本にも城下町はあるけれど、イケちゃんには高山の町並みが自分にマッチしているらしく表情がゆるみっぱなしである。

「イケちゃん、おみやげを買うなら明日にしてね。私が働いている店に連れて行くから」

「ハイ、そうします。ねえ、高山陣屋の中って入れるの？」

「たぶん夕方5時くらいまで大丈夫だと思う。行ってみる？」

「ハイ、行きます！」

相変わらずイケちゃんは元気だ。歩いている途中でお姉さんが問いかける。

「朝市って興味ある？」

「新鮮な野菜とか果物が売られていて、石川県の輪島や千葉県の勝浦が有名ですよね。とても興味があります」

「イケちゃん。高山の朝市も有名なのよ。知らなかったの？」

「あっ、そうだ思い出した。日本三大朝市です！」

「大正解。明日の朝だけど見たい？　7時ころからやっているわよ」

「見たいです。果物を買います」

「じゃあ、明日は早起きしなくちゃね」

そんな会話をしていると、高山陣屋の門にたどり着いた。

「わあ、カッコいい。私ね、古い建築物が大好きなの」

「私も好きよ。気持ちが落ち着くって感じかな」

二人は30分くらいかけて見学。高山陣屋を出て駐車場に戻ると、お姉さんが言った。

「あのね、下呂《げろ》温泉は片道で2時間以上もかかるからさ……今回はパスでいいかな？」

「大丈夫です。私ってそんなに温泉が好きじゃないの。合掌村《がっしょうむら》には興味があるけど、今回は行かなくていいです」

「今が午後2時半でしょ。今から行ける場所を考えよう」

お姉さんの提案で、今さらではあるが行き先の検討をする。

「飛騨高山レトロミュージアムは火曜も水曜も定休日だからダメね。高山昭和館はどうかしら？」

お姉さんの提案に……。

「ネット検索で見ました。平成生まれの私にはイマイチです。どうせ見るならば昭和よりも古い方がいいかな」

「じゃあさ、チョット遠いけれど、ドライブしながら鍾乳洞《しょうにゅうどう》へ行く？　今日はチョット暑いからヒンヤリしに行こうか」

「鍾乳洞って行ったことないけど何だか面白そう。興味があるので行きたいです！」

「じゃあ出発するよ」

「ラジャー。行きましょう！」

お姉さんは、イケちゃんの口調に慣れてきたようだ。


午後3時すぎに飛騨大鍾乳洞の正面入口に到着した。平日なので観光客の姿がほとんど見られない。入場すると、すぐにヒンヤリ感で全身が包まれた。お姉さんは子供のころに1度来たけれど記憶に残っていないらしく、イケちゃんと同様に周囲をキョロキョロと見渡している。

ライトアップされている鍾乳石をながめながら、アップダウンの通路を進むと大迫力でありながらロマンチックな気分も味わえる。通常ならば1時間程度の行程であるが、ほぼ貸し切り状態なので閉館ギリギリまで楽しんだ。約2時間も洞内にいたので二人のカラダは冷え切っているが、外に出ると急な温度上昇を感じてモワッとしている気分だ。

「大人になって初めてだけど、かなり面白かったわ」

「お姉さんでも結構はしゃいだりするのね」

「年齢の差は一つだけよ……イケちゃんも相当はしゃいでいたわね」

「貸し切り状態の時くらいしかできないって思っていたから」

「そうね、ラッキーだったわ」


車に乗り時刻を見ると午後5時半だ。

「そろそろウチへ行くけど、途中で広～いお風呂に入ろうよ。どうかしら?」

「たまには広いお風呂に入って手足を伸ばす……大賛成です。行きましょ!」

国道沿いの温浴施設に到着したのは6時半ころ……浴場内は空《す》いていたので、たっぷり1時間以上もかけてハダカの付き合い?をした。二人の仲はより親密さを増したようであり、風呂上がりには牛乳を飲むことになった。

「やっぱり牛乳はビンで飲むのが格別だわ」

「お姉さんのこだわりなの?」

「イケちゃんも飲めばわかるって……」

「なにコレ! マジでやばいかも……」

「でしょ。でもね、よくかんで飲むのよ」

「えっ、牛乳をかむって……どういうことなの？」

「子供のころ、ばあちゃんから言われたの。よくかんでだ液を出して飲みなさいってね」

「ふ〜ん」

「一気に飲むとさ、おなかがゴロゴロしちゃうからゆっくり飲めってことかもね」

「なるほど。納得しました！」

「渚ちゃんは面白い人ね」

「渚さんだって結構面白い人だと思います」

するとニ人は同時に言った。

『今、渚って言ったでしょ！』と、大笑いしている。


お姉さんの家には母屋《おもや》と離れがある。アニキたちが独立して家を出て行ったので、お姉さんは離れで暮らしている。離れの部屋に入るとお姉さんが言う。

「ここは私だけの城なの……リラックスしてね」

「おじゃましま〜す」

イケちゃんは部屋の中を見回しているが、特に何も言わない。

「あんまりジロジロ見ないで！　平凡な部屋でしょ」

「平凡じゃないわ。ステキなお部屋です……サッパリしています」

「サッパリって……それはどういうこと？」

「機能的ってことです。とても整理されていて気持ちがいいわ」

「なるほど、そういう意味か。ねえ、お酒とか飲む？」

「その前に、家の人にごあいさつしたいです」

「ああ、別にいいわよ。気にしないで」

「手みやげを買ってきました」

そう言って、信州そばをお姉さんに渡す。

「あら、ありがとう。後で親に渡すから、とにかく座って」

イケちゃんは荷物から着替えを取り出す。

「明日は朝市を見るのよね。出発は6時半ころにするからさ、軽く飲んで寝ましょ」

お姉さんから言われて、イケちゃんがうなずく。

「着替えちゃってもいいかしら？」

「うん。そこのハンガー、適当に使って」

「は～い」

「ワインでもいいかな？」

「えっ、お姉さんもワイン派なの？」

「イケちゃんもワイン好きなんだ」

好みが同じだとわかり、ますます二人の距離感が縮まる。お姉さんは冷凍ピザを温めてから、野菜スティックを準備中だ。

「私も何か手伝いましょうか？」

「お客さんは座っていて……私が松本へ行ったらもてなしてね」

「ハイ、おまかせください」

二人はワインで乾杯をする。

『何に乾杯しようか？』と、お姉さんが言う。

「二人の出会いと、これからの旅ライフを願って乾杯したいです」

「旅ライフって何かしら？」

「お姉さんに会って思ったの。これから一緒に海が見える場所へ旅したいなって……」

「そういうことなのね。私も同じ気持ちよ。じゃあ乾杯！」

ワイングラスを寄せて見つめ合った。しばらくはいろいろな話で盛り上がる。夜の10時をすぎたころ、イケちゃんは酔いがまわったらしく眠そうな顔をしていた。

「そろそろ寝ようか。ふとん敷くよ、手伝ってね」

「あ〜い。かしこまりました」

イケちゃんはふとんに入ると、すぐに寝息をたてた。お姉さんはかたづけをすませてからベッドに入った。

翌朝はイケちゃんが先に目覚めた。トイレに行ってから顔を洗っていると、お姉さんも起きたようだ。

「おはよう。よく眠れた？」

「ハイ。最高の目覚めです！」

モーニングコーヒーを飲んでから家を出る。朝7時すぎに安川沿《やすがわ》いの朝市に着く。のんびりと歩く散策が始まった。

「ねえ、朝ごはんの代わりにみたらし団子食べようか？」

お姉さんの提案を聞きイケちゃんはうれしそうだ。屋台でみたらし団子を5本買い、イケちゃんが3本食べた。

「う〜ん、美味しかった！」

「私もひさしぶりに食べたけど、やっぱりうまいわね」

イケちゃんは新鮮な野菜には興味があるけれど……重たそうだし、かさばるので、漬物を買うことにした。さらに果物を少しだけ買ってから車に戻り次の目的地へと向かう。

高山駅の西側を進んで数分後、合掌造りの建物が見えてきた。平日であり団体客がきていないので静かである。『飛騨の里』という体験施設に入ると、農村の民家を移築して復元された野外集落を歩いて回る。日本の原風景に出会えた気分になり、イケちゃんの目はキラキラしているが言葉を発しない。

『どうしたの？　昨日より静かだけど……』と、お姉さんが聞く。

「この景色は黙って見たほうが良いと思ったの……ステキよね」

イケちゃんの独特なキャラは把握《はあく》しにくいけれど、なんとなく気持ちはわかるような気がする。お姉さんも静かに景色を観賞する。さまざまな体験ができる施設ではあるが、イケちゃんは景色を楽しむのが最優先のようだ。池の近くでドリンクを飲みながら、ぼんやりと景色を見ている。

「よっぽど気に入ったのね。何もしゃべらないからさ、そろそろ何かしゃべってよ」

「あっ、ごめんなさい。夢中になっちゃって……写真でしか見たことがないから、実物を見たら感動しちゃったの」


お昼近くまで滞在していたが、おなかが空いてきたので移動する。

「お姉さん、飛騨牛が食べられるお店って知っています？」

「そうだった、お肉食べたいって言っていたよね」

「お店の予約とか必要かな？」

「大丈夫よ。私が働いている店の伯父《おじ》さんに聞いてみるわ」

お姉さんがスマホで電話をすると……。

「お店の場所はわかったよ。二人分の予約をしてくれるってさ。さあ、出発しよう！」

『飛騨牛、待ってろよ！』と、イケちゃんが叫んだ。


予約してもらった店に入り、二人は美味しい飛騨牛を食べた。お姉さんがトイレに行っている間にイケちゃんは会計をすませる。お姉さんが戻ってきて財布を出したのでイケちゃんが言った。

「もう会計はすんでいます。私からのささやかな気持ちですので……」

お姉さんはイケちゃんの目を見て言う。

「ありがとう。ごちそうさまでした」

二人は笑顔で店を出ると、お姉さんが働いているおみやげ屋へ向かう。

「おう、渚ちゃん。飛騨牛はうまかったかい？」

「伯父さん、予約してくれてありがとう。美味しかったわ」

「そちらさんは？　前に言っていたネットで知り合った人？」

イケちゃんは、伯父さんと呼ばれている人と目が合い自己紹介をする。

「初めまして。渚です。池江渚と申します」

「なんだ、お嬢さんの名前も渚ですか……こりゃ奇遇ですな」

イケちゃんは『お嬢さん』と言われてチョット恥ずかしかった。

伯父さんが『奥へ上がってお茶でも……』と言う。お姉さんにうながされて、奥の座敷へと向かった。

「伯父さんって言っていたけど……」

「そうよ。ここは親戚のお店なの。あの人は父のお兄さん」

お姉さんはお茶の準備を始める。大きなテーブルに湯飲み茶わんが置かれた。

「どうぞ」

「いただきます。ここでおみやげを買ったら旅が終わっちゃうね」

お茶を飲みながら、イケちゃんがつぶやいた。

「どうだった……楽しめたかしら？」

「ハイ！　内容が濃かったです」

「次は私の番だよね」

「ハイ！　いつにします？」

「来月の始めころって大丈夫かな？」

「今からなら調整できます。日にち、決めちゃいましょうよ」

するとこと伯父さんが座敷にあらわれた。

「俺もお茶をもらおうかな」

お茶を一口飲んでから、伯父さんがイケちゃんに問いかけた。

「高山を楽しんでいただけましたか？」

「ハイ！　お姉さんのおかげで楽しめました」

「渚ちゃんはお姉さんか……良かったな、かわいい妹分ができて」

「年齢はさ、一つしか差がないのよ」

「えっ、そうなの。ハタチくらいかと思ったよ」

イケちゃんは5歳も若く思われたことに、喜んでいいのか複雑な気分である。

「伯父さん。今度は私が松本へ行くけど、来月初めの平日に連休するからよろしくね」

「構わんよ。ゆっくり楽しんできなさい。信州の松本か……あっちの城下町のほうがにぎやかだろうな」

伯父さんの言葉にイケちゃんがこたえる。

「松本城が国宝指定されている城下町だから、それなりのにぎわいがあります。でも松本は都会になりすぎて味わいは薄いかもしれません。私は高山の古い町並みや合掌造りの里のほうが好きです」

すると、伯父さんがお茶を飲みほしてから言った。

「俺は見なれちゃっているからな……だけど自慢の故郷《ふるさと》だよ」

そう言って店へ行ってしまった。


お姉さんは座敷のカレンダーに印をつけた。

「これで良しっと」

「お姉さんが松本に来る日が決まって良かった。松本城以外にも行きたい場所を考えておいてね」

「わかったわ。ねえ、アルプスライナーの時刻まであとどのくらい？」

「まだ2時間以上もあるけど、どうしよう……高山にも城跡《しろあと》があるのよね」

「あるけどさ、城跡だよ。石垣と土塁《どるい》くらいしかないよ。蚊《か》が多いし、熊が出たこともあるらしいから……まあ、二の丸に駐車場があるから行ってもいいけど」

「お姉さんは行ったことあるの？」

「えっ？　城が建っていないから行ったことはないかな」

「じゃあ一緒に行ってみようよ」

イケちゃんに言われたので、お姉さんは従うことにする。

およそ10分後、高山城跡の二の丸駐車場に到着。

どこからどうやって見たらいいのかわからず、とりあえず案内板をさがす。江戸時代の初期ころの17世紀末に廃城《はいじょう》となった城の見どころって何だろう……二人の渚は同じことを考えているようだ。

『どの案内板も読めないよ』と、イケちゃんが言う。

大手道という道しるべに従い本丸方面を目指して進んでみる。日差しがなかったら寂しい道だが、天気が良くて二人だから楽しい散策になるとイケちゃんは思っている。お姉さんは、『熊が出てきたらどうしよう』という考えが強くて散策どころではない。


まあまあ整備されている階段をのぼり続け、ようやく本丸屋形跡《ほんまるやかたあと》と書かれたエリアにたどり着いた。石垣が何ヶ所かあるが、樹木が生《お》いしげっていて眺望《ちょうぼう》が良くない。

『一番上まで来たのに、ぜんぜん見晴らしが良くないわ』と、イケちゃんがなげく。

イケちゃんの言葉を聞いても、お姉さんは返す言葉がない。

「ねえ、薄気味悪いから戻りましょうよ」

二の丸広場に戻り、ようやくお姉さんの緊張がほぐれた。

『最後に三の丸の外堀が見たい』と、イケちゃんの気まぐれ発言があった。イケちゃんのリクエストなので、お姉さんはがんばってついて行く。散策を終えて駐車場に着いた途端に『熊が出なくて良かった!』と、お姉さんが大きな声で言った。

もうすぐ午後4時というタイミングでおみやげ屋に戻ってきた。

「おう、お帰り。高山の城跡はどうだった？」

伯父さんに声をかけられて、二人の渚がこたえる。

「何にもなかったけど楽しかったです」

「熊が出てこなくてホッとした！」

とりあえずは座敷でお茶を飲む。しばらくしてから家族と職場の人へのおみやげを買うと、高山バスセンターまでお姉さんが見送ってくれた。1ヶ月後の再会を約束して、イケちゃんの『高山の旅』が終わった。

第2灯目
月《つき》見《み》櫓《やぐら》と河《かっ》童《ぱ》橋《ばし》

第2灯目　月見櫓と河童橋

高山での1泊旅行を体験して、イケちゃんの旅についての概念《がいねん》が変わった。今までは旅行と言えばツアー会社に申し込むというのが定番だと思っていたが、自分で考えて決めるフリー旅行の楽しさを体感してしまったのである。

来月の初めにはお姉さんが松本にやって来る。妹分としては、高山で受けたもてなし以上のことをしようと考えているが……国宝松本城以外に案内したい場所をピックアップしてみる。月が変わり、お姉さんが松本へ来る2日前にメールが届いた。

イケちゃんへ
いよいよ明後日ね。松本へ行くのが楽しみでワクワク状態が続いています。行ってみたい場所を考えてみて、天気が良ければ上高地へ行ってみたいかも。あとは信州そばが食べられたらって思っているのでヨロシク。当日は、松本バスターミナルに10時23分到着の予定です。

お姉さんから『上高地へ行きたい』というリクエストだ。長野県に住んでいながら、実は上高地へ行ったことがない。知ったかぶりをして迷惑をかけてはいけないと思い、正直に打ち明けることにして旅程に組み込むことを決めた。

お姉さんへ
観光のメインは国宝松本城ですが、天気が良さそうなので上高地へも行きましょう。実は私、上高地へ行ったことがありません。案内する知識はないけれど一緒に散策したいです。その他の観光スポットは、当日までに決めておきますね。では、松本バスターミナルでお待ちしていま〜す！

メールを送信してから、当日に案内する観光スポットや食事をする店の候補を決める。

・四柱《よはしら》神社
・みかさねそば　三段せいろ（糸のり、とろろ、抹茶）
・中町通り、なわて通り
・城山公園展望台
・上高地　河童橋から大正池へ

イケちゃんは候補地を見て、案内するルートをシミュレーションしてみる。１時間くらい考えてから、アクセス方法や営業時間や料金などのチェックもした。

◇

7月最初の木曜日の午前10時23分ころ、松本バスターミナルにお姉さんが到着した。バスから降りてくるお姉さんを見つけると、イケちゃんは近寄って声をかける。

「お姉さん、ようこそ松本へ」

「あっ、イケちゃん。2日間ヨロシクね！」

「荷物はコインロッカーに入れませんか？」

お姉さんがうなずいたので、松本駅前のコインロッカーへ向かう。

「さて、身軽になったところで最初はどこへ行くの？」

「おなかが空いていませんか？」

「信州そばって何時から食べられるの？」

「私がオススメするお店は11時からです」

「どんなおそばなの？」

「三段せいろで、糸のり、とろろ、抹茶が味わえるの」

「いいわね。すぐに行こう！」

「まずは四柱神社でお参りしてから向かいましょ」

「わかった。おまかせするわ」

四柱神社で旅の安全と健康祈願《きがん》をしてから、信州そばの名店へ向かう。数人の客が並んでいるが、すぐに中へと案内され『みかさねそば』を注文した。

「イケちゃん。この後の予定はどうなっているの？」

「おそばを食べてから中町通りを散策します。それから松本城の堀を見てから城の中に入ります。そして、なわて通りを散策して、夕方になったら城山公園展望台を目指します」

「なるほど。明日は？」

「上高地へ行くので、ほかへ立ち寄る余裕はないの。9時26分発の電車で新島々《しんしましま》駅へ移動して、そこからアルピコ交通バスで上高地へ行く……滞在時間は4時間弱を予定しています。上高地から渚駅口バス停までバスを乗りついで帰ることができます」

「了解！」

しばらくして、注文した品がテーブルに置かれた。名店の味を楽しんだ後、中町通りの一部を散策しながら松本城を目指す。

松本城の入口には、城の名前が刻まれた石碑があった。石碑の後方には黒壁の立派な城が見える。お堀端に近づくと、水鳥が優雅に泳ぎ堀の水が澄んでいるのがわかる。

「お堀の水ってキレイなのね」

「松本城のお堀は湧き水なの。浄化されていてキレイでしょ」

「お城もステキだわ。写真で見た時のイメージとは違うわね」

「お城の中はもっとステキよ」

二人は堀沿いを歩いて朱塗《しゅぬ》りの橋まで行き、そこから折り返して城の門へ向かう。

『いよいよ城攻めね』と、お姉さんが言う。

『覚悟はよろしいかな？』と、イケちゃんが問う。

数分後、狭くて急な階段をのぼって城の最上部にたどり着く……外の景色をながめると、やや西の方角にアルプスの山並みが見えた。

「気持ちいいわね！」

「ねえ、誰もいないから床に座りましょうよ」

イケちゃんの提案にお姉さんがうなずいて床に座る。

「何だか落ち着くわ」

「お姫様気分になれましたか？」

イケちゃんが変なことを言うので、二人は大笑いする。

天守からの眺望に満足したので、再び急な階段を下りて移動する。二人がたどり着いたのは、開放感あふれる月見櫓だ。

「かつて徳川将軍をもてなすために造られた場所らしいの。だけど将軍様が訪れることはなかったそうよ」

「ここが気に入ったわ。本当にお月見ができたらいいのにね」

お姉さんが楽しそうに言うので、イケちゃんはうれしかった。城を出て、なわて通りを散策する。

雰囲気の良いお店でティータイムをすごしてから、市役所前バス停へ行きバスを乗りついで城山公園口バス停へ移動。その後は、城山公園展望台で夕焼け空をながめてから松本駅に戻った。

コインロッカーから荷物を取り出して、イケちゃんのウチへ向かう。イケちゃんの住むアパートでひと休みしてから、ワインや食材を買うために出かけた。食事の後は明日の段取りなどを話していたが、ワインを飲み始めると……海を見に行く旅行について、お互いの願望を語り合った。

◇

翌朝は、まずまずの天気だ。渚駅から新島々駅へ電車で移動して、バスで上高地に到着したのは11時15分だった。平日ではあるがバス停付近のエリアには観光客が大勢いる。

「わあ、天気が良くて太陽がまぶしいわね」

お姉さんは全身を伸ばしながら言った。

『私たちの日ごろの行いが良いからかもね』と、イケちゃんが言う。

お姉さんの荷物をコインロッカーにあずけてから、ランチ用にと野沢菜のおやきなどを買った。河童橋に着くと、観光客が写真を撮りまくっている。旅行雑誌などでよく見るアングルなので、二人は交互に撮影してからツーショットも撮った。

おみやげ屋をスルーして、梓川沿いの遊歩道を歩き出す。

「ねえ、大正池までどれくらいかかるの？」

お姉さんの質問にイケちゃんが即答する。

「直線距離だと3キロメートルくらい。写真を撮ったり休憩《きゅうけい》したりで進むから、往復で3時間くらいだと思う」

「もうすぐ正午だから、午後3時のバスにはギリギリかな？」

「午後4時のバスもあるよ」

「そうなの。じゃあ、のんびりできそうね」

「ハイ、出発！」

しばらく進むと人だかりがあり、立ち枯れの木や水深の浅い池が見えた。橋を渡ると、流れが速かったりゆるやかだったりする梓川を見ていて楽しい気分になる。

休憩もせずに歩き続けたら、いつの間にか大正池に着いてしまった。

「とりあえずゴールね！」

お姉さんが池を見ながら言うと、ここでも全身を伸ばしている。

「さあ、ランチ休憩しましょう」

イケちゃんは、簡易イスをリュックから出して並べた。

池の水面がキラキラと光っている。じんわりと汗をかいているので、冷たいお茶が美味しい。おやきを食べ終わると、大正池をながめたままイケちゃんが言う。

「お姉さん、9月の下旬ころにね、海を見に行きませんか？」

「いいけど。海ってさ、どこの海なの？」

「私は太平洋が見たいな」

「そうね。日本海よりは太平洋かもね。どこにするの？」

「1泊するなら、近くでも遠くでもない場所……たとえば本州の最南端とか」

「最南端に何があるの？」

「海だからガケでしょ」

イケちゃんの返答を聞いて、彼女が天然キャラであることを再認識した。

「ねえ、最南端へのルートは？」

「本州の最南端は紀伊《きい》半島だから、名古屋を経由して紀勢《きせい》本線で串本《くしもと》駅へ向かうルートです。そこから路線バスだと思う」

「なるほど、結構遠いよね」

お姉さんに言われて、イケちゃんはルート検索をする。

「大変です。リーズナブルなバス利用だと松本から名古屋まで約4時間です。高山からは約3時間です。そこから電車での移動となると……最南端に着くのは夜になっちゃう！」

イケちゃんの様子を見て、お姉さんが落ち着いた口調で言う。

「1泊では無理そうね。1泊目は最南端に近い駅で宿泊してさ、2日目に最南端へ行ってから名古屋に戻って宿泊。3日目は名古屋見物っていうのはどうかしら……」

「お姉さん、スゴイ！」

2泊でもOKだとわかり、イケちゃんは勝手に盛り上がっている。

「あのさ、観光地にいるのに次の旅行の話って変よね」

「そんなことないわ。大自然の中で考えるのは楽しいでしょ」

イケちゃんの言葉を聞いていると、お姉さんはなんとなく納得してしまう。


二人が元の場所に戻ったのは午後3時を少々すぎていた。それぞれのバスのチケットを購入した後、おみやげ屋に入る。午後4時、お姉さんが乗ったバスを見送って二人旅が終わった。自宅に戻ったイケちゃんは、夕食の後でお姉さんにメールを送る。

お姉さんへ
松本観光はいかがでしたか？　初めての上高地……天気に恵まれて良かったですね。今日はいっぱい歩いたので、足のケアをしてから寝ます。また一緒に遊びましょうね。おやすみなさい。

イケちゃんへ
松本城は最高でした。城下町の雰囲気や展望台からの景色も素晴らしかったわ。次の旅行の予定はおまかせしますね。また連絡します。おやすみなさい。

メールを読み、今回の旅が楽しかったと言われてホッとした。次の旅行のことも書いてあるので、これからも良い関係が続くと思いうれしい気分のまま眠りにつく。

第3灯目

目指せ！ 本州の最南端

第3灯目　目指せ！　本州の最南端

9月上旬の午前9時すぎ、二人の渚は近鉄名古屋駅の改札口付近で合流した。

「2ヶ月ぶりね。元気だったかしら？」

「ハイ、元気にしていました。お姉さんも元気そうね」

「うん、バリバリ元気。ねえ、切符買ってからきしめん食べようよ」

お姉さんは妹分に負けじと、慣れない言葉遣《づか》いをしている。切符を買ってから電車の時刻を確認後、駅構内にある店できしめんを食べた。

食事が終わると、コーヒーショップでテイクアウトして電車のホームへ移動する。

「ねえ、イケちゃんは何時のバスに乗ったの？」

「5時半です。今朝は4時起きでした。お姉さんは？」

「私も4時くらいに起きた。6時前には列車に乗っていたわ」

「こんなに早起きしたのに、串本駅に着くのは午後6時すぎよ」

「節約旅だから仕方ないわ。特急券って3千円以上もするのよね」

「中途半端な時刻に着いてもしょうがないし……鉄道旅で車窓を見るのも楽しみの一つだと思う。うん、間違いない！」

「早起きしたからさ、途中で寝てしまいそうだわ」

「二人して寝すごさないように注意しましょうね」

津《つ》駅でJR線に乗り換えて紀勢本線の旅に突入した。多気《たき》駅に到着して時刻表を見る。

「お姉さん、大変よ！　次の列車は80分後だって！」

駅の周囲を見渡してみると、とてものどかな雰囲気だ。二人はアラームをセットしてホームのベンチでうたた寝を始めた。1時間くらいしたころ……。

「起きてよ、イケちゃん。始発列車が着いたよ」

お姉さんに起こされて列車に乗り込むと、イケちゃんは席に座り再び眠る。それを見届けると、お姉さんも眠ってしまった。

二人が目をさますと、車窓には海が見える。

『わあ、海だ！』と、イケちゃんが小さく叫ぶ。

『太平洋か……ちょっと感動するわね』と、お姉さんがつぶやいている。

『海なし県』で生まれ育った二人には、広大な太平洋は言葉では言い表せないほどの魅力があるのだ。

串本駅に着いたころ、二人のテンションは平常に戻っていた。

「もう夕暮れね。結構時間がかかってお尻が疲れちゃった！」

イケちゃんが変な表現をしているが、お姉さんは理解している。予約しているホテルの送迎車に乗ってホテルへ向かう。

ホテルにチェックインして客室に入ったが、外は暗くなっているので、本州の最南端に来たという実感はまだない。

「明日って何時に出発するの？」

お茶の準備をしながらお姉さんが聞く。

「8時の送迎車に乗って串本駅へ行って、そこから路線バスに乗る予定よ」

「朝食が7時だとすると、6時起きって感じか……」

「今夜は早く寝るだろうから大丈夫よね」

「うん。食事してお風呂に入ったらすぐ寝ちゃいそうだわ」

「私も同じだと思う」

その後はレストランで食事をして、大浴場でまったりとしたリラックスタイム。部屋に戻るとまだ午後9時半だが、二人は眠そうな顔をしている。

「お姉さん、私もう限界。おやすみなさい」

イケちゃんがベッドに寝ころぶ。

「目ざましは6時にセットしたからね。おやすみ……」

お姉さんも限界だったらしく、すぐに寝息をたてていた。

◇

翌朝は快晴だ。朝シャワーを浴びてから朝食をすませる。送迎車で駅へ向かうと、串本駅前には路線バスが停まっている。イケちゃんが運転手に声をかけた。

「このバスで最南端へ行けますか？」

「灯台前バス停のことかな……はい、行きますよ」

変なやり取りではあるが、不思議と意思の疎通《そつう》ができたようだ。二人が路線バスに乗りこんだ15分後、国道にポツンとあるバス停に着いた。

『最南端には灯台があるみたいね』と、お姉さんがつぶやく。

イケちゃんはスマホの地図を見てルート検索中だ。

「この道を真っすぐに進むみたい」

歩き始めると白い灯台が見えてきた。灯台の入り口に着くと、係員らしき女性から声をかけられる。

「おはようございます。のぼられますか？」

意味がわからずイケちゃんがポカンとしていると、お姉さんが係員にたずねる。

「灯台にのぼれるんですか？」

「はい。ここは参観灯台なので入場料をお支払いいただければ、展望エリアから太平洋を見られますよ」

係員の話を聞いてイケちゃんが言う。

「のぼります。のぼらせてください！」

「今から扉を開けますね。ちょっとお待ちください」

係員が灯台の扉を開けて、内部を確認してから戻って来た。

「貴重品以外ならば、ここに荷物を置いてもいいですよ」

係員からのありがたい言葉を受け、入場料を支払って灯台の内部へと進む。螺旋《らせん》状の階段をゆっくりのぼると、階段が一気に狭くなり一瞬だけ足が止まる。

「気をつけてね」

イケちゃんの後ろにいたお姉さんが声をかけた。細身の二人には難なくのぼることができたけれど、ポッチャリさんには厳しいかもとイケちゃんは思う。


灯台の内部から展望エリアに出ると、太平洋からの風を全身に受けた。

「気持ちいい！」

先に出たイケちゃんが叫ぶと、後から出たお姉さんは別のことを言った。

「キラキラしてまぶしい！」

二人は並んで海をながめる。視界の全てが海だ。はるか沖合いに大きな船が見え、灯台付近には無数の白波が……。

「ねえ、水平線ってゆるやかな曲線に見える？」

イケちゃんがお姉さんに問いかけた。

「曲線かなって思えば、なんとなく曲線に見えるかも」

「そうね、まっすぐじゃなさそうだけどチョット微妙《びみょう》」

「イケちゃん、潮岬《しおのみさき》灯台の情報を検索してくれる？」

「いいわよ、ちょっと待ってね」

スマホでの検索が完了して解説を始める。

「潮岬灯台は明治初期に建設された洋式灯台だって。歴史的文化価値が高いAランクの保存灯台に指定されている……」

「Aランクの保存灯台って何かしら？」

「えっとね、AからDまで4段階あってAが最も価値が高いそうよ」

「保存灯台ってさ、どれくらいあるの？」

「全部で67基よ。Aランクは23基だって。続けてもいい？」

「はい、お願い」

「潮岬灯台は『日本の灯台50選』に選定されているそうよ」

「何それって言ってもいいかな？」

「もちろんです。海上保安庁が一般公募して選ばれた灯台みたいよ」

「ふ～ん。つまり人気投票ってことね」

「あとは要点だけ言いますよ。初点灯は明治6年9月で、灯台の光は35キロ沖合いまで届くそうよ。この辺の海域は昔から航海の難所だったみたい。それから最後に、灯台の周辺一帯は吉野熊野《よしのくまの》国立公園です。以上」

「ありがとう。お疲れ様でした」

しばらくしてから展望エリアを一周して、灯台からの景色を心ゆくまで満喫《まんきつ》した。下へ降りて係員がいる場所へ戻ると、再び係員から言われた。

「今日は天気が良いから遠くまで見えたでしょ」

するとイケちゃんが即答する。

「長野県から来たんですけど、来た甲斐《かい》がありました！」

横で聞いていたお姉さんが補足する。

「最高でしたという意味です。あっ、荷物、ありがとうございました」

係員はニッコリと笑顔を見せてから、小冊子のようなモノを手渡してくれた。

「ここに参観灯台の一覧が書いてあります。良かったらほかの灯台も見に行ってね」

「ありがとうございます。灯台をバックにした写真を撮っていただけますでしょうか？」

「はい、いいですよ」

係員の女性から撮った写真を見せられた。二人はお礼を言ってから移動する。

次に向かったのは本州最南端の神社。灯台の脇道を進むと塀の上に猫が鎮座《ちんざ》している。目を閉じているのでスルーして先へ進む……右側の視界が開けて社殿が見えた。

石碑には『潮御崎《しおのみさき》神社』と刻まれている。無事に最南端の地に着けたので、この後の旅の安全を祈願した。バス停方向に戻ろうと元の道を歩いて行くと、今度は先ほどの猫と視線が合った。イケちゃんが『バイバイ！』と言いながら手をふると、猫が『ミャア』と鳴いたのでお姉さんはビックリした。

「イケちゃんは、猫とも仲良しになれるのね」

「たまたまですよ。猫のキゲンが良かったからかも……」

天気が良いので、バス停で時刻を確認してから海岸沿いの道を散策する。途中にあったベンチに座り、先ほどもらった小冊子を見る。

「参観灯台って全国に16ヶ所あるんだって……あら、志摩《しま》半島には2ヶ所もあるわよ」

お姉さんに言われてイケちゃんも小冊子をのぞき込む。

「帰り道だったらさ、今から行ってみようか……」

そう言ってから、イケちゃんはスマホでルート検索をする。

「あら、すごく遠いみたい。大王埼《だいおうさき》灯台まで8時間以上もかかるから無理だわ」

「志摩半島だからさ、伊勢神宮《いせじんぐう》を参拝《さんぱい》するタイミングで訪問すればいいと思う」

お姉さんの提案を聞いてイケちゃんが言った。

「それ最高！　私、お伊勢参りもしたかったの」

「じゃあさ、いつか一緒に伊勢神宮へ行ってから灯台めぐりもしようね」

お姉さんから小冊子を受け取り、ページをめくりほかの灯台の情報を確認する。

「参観灯台って全国にあるよ。青森県、秋田県、福島県、神奈川県、そして千葉県と静岡県には2ヶ所ずつ……それから山陰の島根県と山口県、九州は宮崎県、沖縄県は本島と宮古島《みやこじま》にある……これを全部行ったらスゴイよね」

「スゴイって言うよりさ、ほぼ日本一周じゃないの。クリアするなんて何年もかけなきゃ無理よ」

お姉さんの言い分を聞いてイケちゃんは考えている。そして何かの結論が生まれたらしく、キラキラした目でお姉さんを見ながら言った。

「何年かかってもいい。お姉さんと一緒に全部行ってみたい！」

イケちゃんの熱いまなざしに、お姉さんは思考をめぐらせる。

『灯台からのながめは確かに素晴らしいが、青森県でも沖縄県でもそれほど違いはないのでは……』と、お姉さんは思っている。

さらに、残りの15ヶ所を訪問するのに必要な旅行の回数が想像もつかないのだ。宮古島や沖縄本島への旅は楽しそうだけど、旅費がいくらかかるのか見当もつかないので簡単には承諾《しょうだく》できない。

「あのさ、イケちゃん、本気で言ってる？」

するとイケちゃんは返事をせずに、手帳に何か書いている。お姉さんは、イケちゃんが返事をするまで待つことにした。数分後、イケちゃんが言った。

「お姉さん。残りの15ヶ所は6回に分けて訪問できそうよ」

「どういうことかしら？」

「あのね、お伊勢参りと志摩半島の灯台は1泊2日で行けそうだけど、それ以外の場所は2泊とか3泊しないと無理よ。だからね、年に3回なら2年でコンプリートできそうよ」

『私、まだ行くって言ってないわよ』と、強めの口調で言った。

「ごめんなさい。先走っちゃって……」

二人の会話が中断した。

しばらくして『路線バスの時刻って何時？』と、お姉さんが言った。イケちゃんが小声でこたえる。

「あと30分後だけど、新宮《しんぐう》駅から高速バスに乗るほうが安くて早く名古屋に着きます」

「そうなの？……節約って大切よね」

「ハイ」

なんとなく気まずい雰囲気だったが、この会話でモヤモヤがどこかへ消え去ったようだ。

串本駅に戻り紀勢本線で新宮駅へ向かう。軽食をすませてから高速バスに乗り込むと、イケちゃんはすぐに寝てしまった。

お姉さんは、さっきの小冊子を見ながら考える。

『確かイケちゃんが、15ヶ所を6回で旅行できるって言ってたけど……』

お伊勢参りと志摩半島の灯台2ヶ所がセットとして、東北地方の3ヶ所もセットだよな……九州は1ヶ所だから沖縄県の2ヶ所とセットなのかしら……山陰地方の2ヶ所がセットだとすると、これで4回の旅行になる……。

あとの5ヶ所は2回の旅行でクリアすればコンプリートなのね……あんなに短時間でよくもまあ考えたものだと感心してしまった。

『お伊勢参りのついでに……』というキーワードで考えると、この灯台めぐりをキッカケにすれば、ほかの観光地に立ち寄ることで有意義な旅行になるのでは……と思った。

たとえば沖縄本島へ行けば、ジンベイザメの水族館にも行けそうだ。

山陰地方ならば、出雲大社《いずもたいしゃ》や秋芳洞《あきよしどう》などに行けるかも。

東北地方なら日本三景の松島に立ち寄れそうだ。

そして千葉県へ行けば、魔法のテーマパークで遊べる！


こうやって考えてみると、イケちゃんの提案は魅力に満ちあふれているとわかる。もう少しちゃんと聞いてあげればよかったのにと後悔した。


午後6時半ころ、高速バスは少し遅れて名鉄バスセンターに到着。

「イケちゃん、起きて。名古屋に着いたわよ」

「あ〜い。おはようございます」

「寝ぼけてないで、降りるわよ」

高速バスを降りると予約しているホテルへ向かう。

「バスに乗るとさ、いつも寝ちゃうの？」

「長距離だと乗り物酔いするから、寝るようにしてるの」

お姉さんは『なるほど』と思いつつ、イケちゃんの場合は理由さえ聞けば納得できることもあると理解した。

ホテルでチェックインをしてから、名古屋めしを食べに外出する。食事をしながら明日の予定を話す。

「ねえ、明日の予定は？」

「えっ、お姉さんが考えていると思ったから……」

「決めてないのね……じゃあ私が決めていいの？」

「いいですよ。動物園でも遊園地でも……どこでもついていきます！」

「あのね、オトナが二人で行く場所にするわ。イケちゃんも古い建築物が好きなのよね……名古屋城と犬山城《いぬやまじょう》だったらどっちがいい？」

「お姉さんが決めて」

二者択一《にしゃたくいつ》をせまられているが、自分でも決めかねているのだ。


イケちゃんがスマホで検索を始める。毎度のパターンなので、イケちゃんが話し出すまでお姉さんは待つ。

「せっかくだから両方行きましょう。名古屋まで来て城を見ないのは不自然きわまりないです。そして犬山城は国宝です。何がなんでも見ておきたいに決まっています。朝8時にホテルを出れば両方行っても午後1時までには終わって帰れますよ。犬山城の最寄り駅の鵜沼《うぬま》駅からだったら高山本線だけで帰れますし……私は鵜沼駅から名古屋に戻ってバスで帰ります。どうでしょう？」

わずか5分程度で二人分の帰宅ルートをチェックした上に、お城までのアクセス方法も確認したみたいだ。

「イケちゃんの言う通りにするわ。あなたって本当に調べるのが早いわね」

「はい。ある種の職業病ですから……」

お姉さんは『なるほど……』と思った。


食事の後で、コンビニに立ち寄ってワインとつまみを買う。ホテルの部屋に戻って着替えをすませるとワインを飲み始める。

「イケちゃん、灯台めぐりのことだけど……詳しく聞かせてくれる？」

「えっ、いいの？」

「あの時はね、イケちゃんのペースについていけなくてムッとしたけど……その後でね、ちゃんと聞いてみたいなって思ったの」

「やっぱり怒っていたんだ」

「大丈夫よ。今は怒っていないから」

「お姉さん。私の話を聞いてくれるの？」

「もちろんよ。何でも話して」

イケちゃんはワインを一口飲んでから話し出す。

「お姉さんとメールのやり取りをした本当の目的はね、一緒に旅行できる人になってもらうためだったの。親しい友だちは結婚したりして気軽に誘えなくなったから困っていたんです。一人旅とか考えたけど、寂しいかもって思ったりして何もできずにいました」

「そうだったの。私だって似たようなものだよ。旅行が大好きだけど最近は全然だった。イケちゃんみたいに誰かを誘おうなんて発想すらなかった。だからね、一緒に行きませんかって言われた時は超うれしかった！」

ワインを飲み始めたばかりなのに、お姉さんは感情を爆発させているようだ。

「灯台めぐりの話だけど、毎月1万円貯めておけばね、年に3回の旅行も無理なく行けそうな気がするの……お姉さん、どう？」

イケちゃんの話を聞き、再び『なるほど……』と思えた。

「6回の旅行の内容を聞かせて」

お姉さんに言われて、イケちゃんはニコニコしている。

「まずは沖縄県の2ヶ所。台風シーズンを避けたいから冬から春にかけての時期が良さそうだと思う。青森県や秋田県は冬場を避けたいから夏でもいいかと。山陰地方はお花見の時期がいいかなって思うの……出雲大社の桜とかね。千葉県の灯台めぐりの後は……やっぱり有名なテーマパークよね。ザッとだけど、行く時期だけ意識しておけば順番はランダムでもいいと思うの。どうかしら？」

イケちゃんの説明を聞き、やはり観光地を組み合わせての提案だとわかりホッとした。

「いいね。とてもいいよ！」

「それからね、格安航空券を利用すれば沖縄本島も宮古島も安く行けると思うの。沖縄県と宮崎県の都井岬《といみさき》灯台もセットにすれば効率的だと思うわ」

「そうか、交通機関も宿泊施設も早割りにすればおトクってことなのよね。入場券とかも前売りで買えば安くなるかも」

「お姉さん、その調子です。二人で一緒に考えた方が楽しいわ」

「そうよね。日本の津々浦々《つつうらうら》へ行くんだから、いろいろな観光地へ行きたいわ」

「それじゃ、参観灯台完全制覇《せいは》プロジェクトを一緒にトライしてくれますか？」

「もちろんよ。何だかさ、急にワクワクしてきちゃった」

「ありがとう」

こうして『二人の壮大なプロジェクト？』が始動することになった。


翌日は予定通りに名古屋城へ向かい、天守と二の丸御殿を見学。そのまま犬山遊園駅へ向かい、国宝犬山城の天守からの素晴らしいながめを楽しむ。二人は鵜沼駅で解散して、それぞれの帰途についた。

第4灯目

灯台めぐりプロジェクト始動！

第4灯目　灯台めぐりプロジェクト始動！

二人旅を終えて1ヶ月がすぎたころ、お姉さんはイケちゃんへメールを送る。


イケちゃん、お元気かしら？

私はね、働いているみやげ屋のホームページと自分のブログを更新したりして忙しい日々？をすごしていました。良かったらヒマな時にでも見てちょうだいね。

それから灯台めぐりの件だけど、6回の旅でクリアするって話だとすると……旅の企画を立てる担当を交互にやるってどう？　もちろんお互いの要望は可能な限り旅程に組み込むけれど……。たとえば次の灯台めぐりの立案を私が作成してホスト役になる。作成した旅程を見て要望があれば遠慮《えんりょ》なく言ってほしいの。そうやって完成した行程表で旅をする。その次はイケちゃんがホスト役になって旅程を立案するって感じだけど……どうかしら？

お姉さんより

お姉さんからのメールを読んでイケちゃんは思った。

『ナイスなアイデアだわ』
二人で一緒に作るという発想が普通かもしれないが、それぞれの役割が明確でない場合はどちらかに負担がかかる可能性がある。そしてなんとなくマンネリ化する危険性が生じるかもしれない。交代で企画を担当するとなると、自分だけでなく相手を楽しませるための工夫も必要だ。そして前回や前々回の旅での反省を取り入れたりして、より良い企画を立案しようと考えるかもしれない。3回ずつお互いをおもてなしするという発想は新鮮である。イケちゃんは、考えをまとめてからすぐに返信する。

お姉さんへ
ちょっぴりおひさしぶりです。私は普段《ふだん》と変わらぬ日々をすごしていますけど……。ふとした時に、これからの灯台めぐりの旅に想いをつのらせています。お姉さんのホームページとブログは、これから読みますね。それから交代でホスト役になるという提案……素晴らしい考えだと思う。二人で一緒に考えるのも楽しいけれど、お互いが相手のことを考えながらもてなすという気持ちで企画するのもアリですよね。自分の個性も発揮できそうだし責任感も生まれます。回数を重ねれば、より充実した企画を立てられるようになる気がする。是非《ぜひ》そうしましょう！　ということで、次の旅はお姉さんがホスト役でお願いしま～す。
イケちゃんより

イケちゃんからのメールを見たお姉さんは思った。

『自分の個性も発揮できそうだし……』という部分が少し気になる。奇抜なもてなしでなければと思いつつイケちゃんが賛同してくれてうれしかった。自分が言い出したので、次の旅が自分の担当というのは当然だと思っている。問題はどこへ行くかという点である。六者択一というのは自由に選べる反面、今後の旅にも影響するので慎重《しんちょう》になってしまう。あれこれと考えることが多くあるが、その前に確認しておくべきことがある。メールではなにかと面倒《めんどう》なので、イケちゃんへ電話をかける。


「こんばんは。今は話しても大丈夫かしら？」

「ハイ、大丈夫です」

「イケちゃんの給料ってどれくらい……同世代のＯＬさんと同じくらいかな？」

「どうしたの急に……そうね、一人暮らしだからアパート代とか食費とか光熱費とか毎月かかるけど、なんとか5万円くらいは貯金できるから普通だと思う」

「そうなの。私は実家だから家賃はかからないわ。親には毎月3万円渡しているだけだから結構余裕があるかな」

「もしかして旅行と関係ある？」

イケちゃんはなんとなく気づいているが、とりあえず確かめてみたかった。

「これからの旅行ってさ、場所によっては費用がいくらかかるか想像もできないよね」

「九州も沖縄も東北地方も行ったことないわ……私には想像もつきませ～ん！」

イケちゃんが軽い調子でこたえた。

「まじめに考えようよ。参観灯台のコンプリートを目指すにしてもさ、途中でレベルを上げたり下げたりしたくないのよ」

「レベルって何ですか？」

「私たちに見合ったレベルってこと……極限まで節約に徹するのか、高級志向も組み合わせるのかってこと」

「お姉さんはどう考えているの？」

イケちゃんから言われて、お姉さんは数秒間だけ考えて話し出す。

「楽しむためにはお金を惜しまずというのは無理に決まっているわ。私はね、心のゆとりが大事だと思っているの。精神的余裕って言ったらわかる？」

「わかんないけど、節約ばかりを意識しすぎないということなの？」

「そういうことかも。必要な時はお金を有効に使う……時間の余裕があれば節約を意識するって感じよ。これならわかるわよね」

「上り坂はタクシーでも、下り坂は徒歩にする……こんな節約もアリってことでしょ」

イケちゃんらしい表現だが、お姉さんの考えは伝わっているようだ。

「ねえ、心のゆとりが大事だって言っていたけれど……ホテル代にもあてはまるの？」

お姉さんは目を閉じて考え中……目を開けるとゆっくりと話し出す。

「私たちの目的ってなんだっけ……参観灯台の完全制覇を目指しながら有名な観光地にも行くってこ

とよね。格安チケットや割引き料金を利用しても交通費の節約には限りがあるからさ、結局はホテル代がポイントになるのよね」

「私も同じ考えです。食事代もホテル代も、たまに贅沢《ぜいたく》するくらいでいいと思う」

イケちゃんは、食事代も節約の対象としてとらえているみたいだ。

「とにかくメリハリをつけた旅にしようね。交代でおもてなし方式にしたけれど、迷ったら相談して決めよう！」

「はい。相談するのは得意です！」

◇

それから数日後、お姉さんからメールが届く。

イケちゃんへ
灯台めぐりの第2弾は私の担当になったけれど、目的地となる灯台は、ホスト役が決めていいのかしら？
お姉さんより

お姉さんへ
もちろんですよ。灯台めぐりの場所も観光地もホスト役が決めるルールでかまいません。企画を見た上で要望や提案があれば、そこからは一緒に考えればいいと思います。お姉さんは、多分あそこにするだろうな……と予想していますけど。
では、早割りチケットを考慮《こうりょ》した上でよろしくお願いしま～す。
イケちゃんより

イケちゃんからの返信に書かれていた『早割りチケット』というのは航空券のことだろうか……そう思ったお姉さんは、イケちゃんがさりげなくアシストしてくれた気がした。

灯台めぐりを中部地方からアクセスする場合、九州・沖縄方面以外は考えられない。中部国際空港から宮古空港へのルートを検索してみる。すると那覇《なは》空港を経由するルートしか見当たらない。

『直行便はないのかしら？』

とりあえず関西国際空港からも調べてみると、関空からは直行便があった。往路で那覇空港へ行ってから灯台めぐりをして、次に宮古空港へ飛んで灯台めぐりをする。そして最後に宮崎空港へ行き灯台めぐりをして完結……これが最もシンプルだが宮古空港から宮崎空港への直行便なんてあるのかしら……と考える。

お姉さんは、いきなり計画の難しさを体感する。節約を意識しなければ何の苦労も心配もしなくて良いが、独身女性の二人旅だから極力節約をする必要がある。

そして次に思ったのが『この旅行って何泊するの?』だった。沖縄本島よりも遠くにある宮古島なんて、たぶん一生に1度しか訪れない可能性が高い。そこへ航空機で行って1泊しかしないのはなんだかもったいない。沖縄本島だって似たようなものだから、どっちも2泊したいと思う。そうなると宮崎県でも1泊するから、全部で5泊することになる。交通費以外に1日当たり1万円と考えると、旅費が10万円以上になるのは確実だ。

そうかと言って灯台めぐりをさらに分けたとしても旅の回数が増え、結局はお金がかかるのは目に見えている。いろいろと考えながら、ためしに宮古空港から宮崎空港へのルートを調べてみると……那覇空港と福岡空港を経由するか、あるいは羽田空港経由にするかの二択だった。『こりゃダメだわ!』と思い、沖縄県と宮崎県は切り離すのがいいと考えた。宮崎県は山陰地方の灯台めぐりと組み合わせよう……とりあえずそう決めた。


再び航空券のチェックをするため、今度は格安チケットのサイトで検索してみる。ナントなんと、中部国際空港から宮古空港までの直行便がありました。

さらに宮古空港から那覇空港、そして那覇空港から中部国際空港へと立て続けに検索。来年2月後半の日にちによる運賃の総額が……約3万1000円だ。手数料を加味しても3万9000円くらいか……これならば4泊5日の旅でも8万円くらいでおさまるかもしれない。格安航空券について調べてみると、キャンセル料が非常に高いことが判明した。

お姉さんは自分で旅の計画を最初から考えたことなどなかった。この程度の作業はイケちゃんなら簡単にできちゃうのかなと思いつつ、自分で仕上げた計画で旅行ができたらうれしいだろうと思う。

『今日は頭を使いすぎちゃったわ。ここまでにして寝よう』

ベッドに入ったが、あれこれと考えてしまいなかなか眠れなかった。

◇

数日後、お姉さんは次の旅行先を沖縄県と決めた。日程を決めないと早割り格安航空券の手配ができないから、灯台めぐりのついでに訪問する観光スポットは後回しにしようと決めた。まずはイケちゃんに確認をしようと考えてメールをする。

イケちゃんへ
次の灯台めぐりは沖縄本島と宮古島に決めました。早割り格安航空券を手配するので、2ヶ月以上も先の出発日を決める必要があります。私はいくらでも調整ができるけど、イケちゃんは今から決められるかしら？　……来年2月の後半を予定しています。滅多《めった》に行く機会がないと思い、せっかくだから両方の島で2泊ずつと考えていますがどうでしょう？　格安航空券を使っての4泊5日の旅になり、予算は総額で8万円前後だと思う。電話でもメールでも良いです。決まったら連絡ください。ちなみに宮崎県の都井岬灯台は山陰地方の灯台めぐりに組み込みたいと考えました。串間駅から志布志港《しぶしこう》経由のルートで大阪まで戻って来られます。船旅もよろしいかと……。
悪戦苦闘《あくせんくとう》中のお姉さんより

お姉さんがメールを送信すると、1時間くらいで返信があった。

お姉さんへ
やっぱり沖縄県でしたね。2泊ずつするのは大賛成ですよ。都井岬灯台は山陰地方とセットで良いと思います。船旅も何だか楽しそうね。私は有給休暇を効率的に取得しろって会社から言われているから、1週間くらいは余裕で休めます。だから曜日に関係なく、お姉さんの都合が良い日で決めてください。格安航空券ってキャンセル料が高いらしいから、絶対に変更なしでいきましょうね！
元気で陽気な妹分より

イケちゃんからのメールを読んでお姉さんはホッとした。出発日はまかされたから、これで計画を進められる。格安チケットのサイトに会員登録。二人分の航空券を予約した。本当にこの金額で大丈夫なのかと気になるが、慣れてしまえば気にならないかもと思う。

『次は何するの……』と、自分に問いかけながら計画の段取りを思い出そうとする。

『早割りってことは、ホテルにも言えることかしら……』

以前に使ったことがある大手旅行サイトを検索すると、いろいろなプランがあり迷う。最高で60日前からの割引プランがあると判明して驚いたりする。どちらの島でも同じホテルに連泊すれば安くなるかもと考えてみたり、滞在2日目は部屋に荷物を置いたまま観光ができそうだと考えたりした。

『空港って市街地から離れていそうね』

『有名観光地の近くは料金が高そうだわ』

『レンタカーの利用も考えなくっちゃ』

『そもそも参観灯台ってどの辺にあるの？』


考えることが多すぎて、頭の中が混乱してきた。こんな面倒な作業をしなくてすむから旅行会社のツアーって需要があるのだと今さらながら思ってしまう。宮古島のホテルはあっさり決まったが、沖縄本島は数が多すぎて決められない。ネット検索で『残波《ざんぱ》岬《みさき》灯台』の位置を確認する。


那覇空港から直線距離で30キロメートル。

残波岬灯台からジンベイザメの水族館までの直線距離は35キロメートル。

残波岬付近のホテルも水族館も那覇空港からバスで行ける。

『1日で両方に行けるだろうか？』
『同じホテルに連泊するのがベストか？』
『名護《なご》バスターミナルからでも水族館や那覇空港へ行ける』
『残波岬と名護で1泊ずつすれば余裕が持てるのか？』
『せっかくだから、首里城《しゅりじょう》にも行ってみたいかも……』
次々と課題が生じてくるが、企画立案者としてなんとかしようと自分を奮い立たせた。

◇

それからの1週間、毎日のように旅行計画を検討する。暫定《ざんてい》ではあるが行程表が完成して、お姉さんの心と頭の中は真っ白になった。
すでに12月に突入していて、街ではクリスマスムードがただよう時期になっている。平常心に戻ってから、イケちゃんへ行程表をメールで伝える。しかし、イケちゃんからの返信はすぐには届かなかった。

『私が作った行程表が気に入らないのかしら？』
『仕事が忙しいとか、病気になったとか、何かあったのかな……』
どちらにしても心配なので、メールを送信した3日後に電話をかけてみる。

「あっ、イケちゃん。元気にしてた？」

「ハイ、元気ですよ。どうかしました？」

「メールの返信がないから心配で電話したのよ」

「そうだったの、ごめんなさいね。ノートパソコンは修理中です」

「何だ、そうだったの」

「もしかして、旅行の計画が完成した？」

「そうよ、時間がかかったけど行程表ができたわ」

「明日ね、修理が終わるからチェックします」

「そう、チェックしたら意見や要望を聞かせてね」

「ハイ、かしこまりました！」

電話を切るとお姉さんは思った。

『いつの間にか、お姉さん気分で心配していたのかも……』

理由がわかって安心したら、カラダの力が抜けてしまった。

第5灯目
伊《い》良《ら》部《ぶ》大《おお》橋《はし》もジンベイザメもすごかったの旅

第5灯目　伊良部大橋もジンベイザメもすごかったの旅

苦心して作った行程表をイケちゃんは大絶賛してくれた。しかし数日後、イケちゃんから確認と要望が……。

お姉さんへ
宮古島でのレンタカー予約はすんでいますか？　それからレンタカーは2日間必要ですが大丈夫ですよね？　沖縄本島では「ゆいレール」に乗りたいです。路線バスとの調整をしてほしいな。ヨロシクで〜す。
ちょっぴりワガママな妹分より

お姉さんは妹分からのメールを読んで『マジなの！』と思う。航空券とホテルの予約はしてあるが、レンタカーは忘れていた。大急ぎでネット検索をしてから2日間分の予約を完了させた。続いては移動ルートの変更だ。沖縄本島での最終日に、首里城へ向かう時と首里城から空港へのルートをゆいレールにする。行程表の修正をしてから全体を見直す。イケちゃんへメールを送ろうとして思った。

『レンタカーの予約を忘れていたこと……どうしようかな』

妹分にミエをはってても仕方がないので正直に言おうと決めた。

イケちゃんへ
レンタカーの予約、忘れていました！　指摘してくれて助かったわ。ありがとさんでした。ちゃんと2日間の予約をすませたから、交代で運転しようね。それから、最終日の首里城へ行く前後でゆいレールを利用します。くわしくは行程表を見てくださいませ。じゃあ、良いお年を……。
ちょっと忘れっぽいお姉さんより

お姉さんからのメールを読み、イケちゃんは笑ってしまった。レンタカーのことは良しとして、『良いお年を……』は早すぎるかも。どうせならメリークリスマスにしてよと思った。とにかく2ヶ月後には第2弾の灯台めぐりが始まる。それまでは平穏無事《へいおんぶじ》にすごそう……何気なく思っていた。

年が明けて、あっという間に2月24日になった。

旅行の当日、中部国際空港へ向かう電車の中で二人は合流した。

「お姉さん、おっはよう！」

「あら、イケちゃん。同じ電車なのね。おはようさん」

「お姉さん、顔がにやけていますよ」

「イケちゃんだって、顔の筋肉がゆるみっぱなしじゃないの」

「だってひさしぶりでしょ。ウキウキしちゃうわ」

「ウキウキか……私はソワソワするけど」

「ソワソワってどういうこと？」

「自分が作った計画通りに進むか心配なのかも」

「大丈夫、私がついていますから。なんとかなります！」

イケちゃんの言葉を聞いて、お姉さんは吹っきれたように表情が変わる。

「たのもしいわね。フォローはヨロシクね！」


それから数時間後、宮古空港にて予約したレンタカーを借りる。お姉さんが運転席に座り、車を路肩に停めてつぶやく。

「これからさ、どこへ行くんだっけ……」

「チェックインはできるけど、まずは観光スポットでしょ」

「平安名埼《へんなさき》灯台は夕方4時半までだから、明日でもいいかな？」

「じゃあ、伊良部大橋へ行こう！」

「はい、それで決まり。レッツゴー」

数分後、伊良部大橋の手前で車を停めて外に出る。

「スゴイよ！　こんなに長い橋を見たことない」

「確かにすごいわ。これって無料で渡れる日本最長の橋なのよね」

　二人は撮影をしてから車に戻る。

「お姉さん、興奮して海に落ちないでよ」

「バカなこと言わないで！」

　そう言いながら、お姉さんは武者《むしゃ》ぶるいしているようだ。橋を渡り始めると海風の音を感じる。橋の中間部に少し広いエリアがあり車を寄せて停める。イケちゃんが車の外に出ると、お姉さんも外に出た。二人は強烈な海風にさらされている。

『海の上は最高よ！』と、イケちゃんが叫ぶ。

　その様子を見て、お姉さんも叫びたいが言葉が思いつかない。

「どうしたの？　何でもいいから叫ぼうよ」

　イケちゃんにうながされてお姉さんは叫んだ。

「そろそろ結婚したいよ〜」

　初めて聞くお姉さんの叫び声……その内容にイケちゃんは驚く。叫びについての心境を聞くべきなのか、そっとしておくのがベストなのか……。イケちゃんは悩んでいるが、本人はデジカメで撮影ざんまいである。

　車に戻り伊良部島へ向かって走行していると……サイレンを鳴らしながら対向車線を走る救急車が見えた。

『急病人かな？』と、イケちゃんがつぶやく。

「橋があって良かったわよね」

「橋がなかったら船なの？」

「それしかないわよね」

「島民にとって伊良部大橋は、長年の悲願だったのね」

「私たちには観光スポットでも、島民にとっては生命線なのね」

めずらしくまじめな会話をしているうちに伊良部島に到着した。


「ねえ、この後はどうする？」

お姉さんに言われて、イケちゃんはネット検索をしながらこたえる。

「島の反対側に『佐和田《さわだ》の浜』って観光名所があるわ」

「どんな場所なの？」

「夕日がキレイな人気のスポットだって」

「はい、了解で～す。レッツゴー」

「待って……その前に『渡口《とぐち》の浜』に寄りましょう。左に進んで」

イケちゃんの誘導に従い、お姉さんは左方向へ車を走らせる。ゆるやかな弓状の形をした浜に着く
と、砂浜は真っ白で美しい。

「海水も透き通っていて最高だわ」

お姉さんがうっとりしていると、イケちゃんはビーチを走っていた。

『人が少ないから静かでいいな……』

そう思いながら、海を見つめているとイケちゃんが戻って来た。

「ものすご〜く気持ちいい」

息を切らせながらイケちゃんはニコニコと笑っている。

数分後、佐和田の浜に着いた。夕日の時刻には少し早いみたいだ。浜辺には岩が点在していて独特の雰囲気がある。しばらくはボーッと海をながめていたが、暗くなりすぎると橋を渡るのが危険かもと思い車に戻った。お姉さんが車のキーをイケちゃんに渡す。

「いいの？　私が運転しても……」

「免許持っているよね。今度はあなたの番よ」

イケちゃんは運転席に座りシートを調整する。指差し点呼のような動作をしてからエンジンをかけた。

「ねえ、最後に運転したのっていつなの？」

「教習所で〜す」

「本当に？」

「ウソで〜す。1年ぶりくらいかな」

「免許を取って何年なの？」

「3年ですけど……」

イケちゃんの言葉を聞いて、伊良部大橋の下り坂がジェットコースターにならなければいいと思った。走り出すとイケちゃんの運転は意外としっかりしていた。しかし、伊良部大橋に差しかかると『行きます!』言ってから走り出したのでお姉さんはビックリ。最高地点のエリアに車を寄せると、イケちゃんは今度も外に出る。お姉さんも外に出ようとしたが風が強すぎてためらう。イケちゃんはデジカメで数ショットを撮って戻る。

「わあ~怖かった。風が強くて飛ばされそうでした」

イケちゃんの髪の毛は乱れまくっていた。伊良部大橋を渡り切ってから車を停めて外に出て橋をながめる。

『夕日がキレイね』と、お姉さんがつぶやく。

「空も赤く染まってキレイだね」

ツーショットの撮影後に、手をふって伊良部大橋に別れを告げた。

ホテルの駐車場に車を停めてからチェックイン。リーズナブルな部屋にしたので眺望は期待できないみたいだ。

いつものようにお姉さんがお茶の準備をする。イケちゃんは館内のパンフレットを見ている。

「お姉さん、夕食はレストランでいいのかな」

「ソーキそばとかあるでしょ。とりあえず今夜はレストランね」

風呂に入ってからレストランで食事をして部屋飲みが始まる。

「明日はさ、朝イチで平安名埼灯台の訪問でいいよね」

「9時半に開くからホテルは1時間前に出発する？」

イケちゃんに言われて、お姉さんがうなずいた。

『その後はどうしましょう？』と、お姉さんがポツリと言う。

「お姉さんは決めてないの？」

「まあね。来間島《くりまじま》と池間島《いけまじま》へドライブするくらいでしょ」

「時間に余裕があれば果樹園とか植物園にも寄ろうか？」

「そうね、気ままにのんびりと楽しみましょう」

今回の旅が良い旅になるように……二人はワインで乾杯した。こうして旅の初日は無難《ぶなん》に終わろうとしていた。イケちゃんはベッドに入って眠ろうとした時に、お姉さんが海で叫んだ言葉を思い出していた。詮索《せんさく》して気まずくなるのはイヤなので、最終日にでもさぐりを入れようかなと思った。

◇

旅の2日目は朝から曇り空である。ホテルでの朝食をすませてから駐車場へ。

「雨降るのかしら……天気予報って見た？」

お姉さんは、イケちゃんが知っているだろうと思って声をかけてみる。

「ちょっと待ってね。今調べます……えっと、雨は大丈夫みたいよ」

灯台を目指して東へ車を走らせると、東の空が明るく太陽が見えた。しかし、しばらくすると太陽は隠れてしまい空模様があやしい。灯台の手前にある駐車場に着いた時には、ポツポツと水滴が……。

「ねえ、雨は降らないって言っていたよね」

「おかしいな。少しずつ回復するって……」

イケちゃんの言葉にお姉さんがツッコミを入れる。

「あのさ、回復ってことは……一旦《いったん》は悪くなるってことでしょ」

お姉さんに言われて返答に困ったが、すかさず切り返した。

「ねえ、灯台の明かりがついているよ。2色に見えない？」

お姉さんは遠くにある灯台のテッペンを見た。

「あれって回転しているから交互に色が見えるんでしょ」

イケちゃんは納得したみたいだ。


駐車場にはトラックのような車が2台ある。どちらもお店の準備をしている様子。黄色いトラックの前には、看板ネコらしきかわいい姿が見えた。しばらくして、軽トラックが灯台へ向かって行く。二人も灯台へ向かうと、軽トラックから降りた人が灯台の入り口を開放している。近づくと……『もう少し待っていてね』と言われた。

数分後、灯台の明かりが消えた。先ほどのオジさんが『もういいですよ』と言う。二人分の料金を渡してから参観灯台の通算2ヶ所目がスタートした。イケちゃんはサクサクと螺旋階段をのぼって行く。お姉さんも負けじとついて行くが、なかなか追いつけず。ようやく追いつくと、展望エリアの手前でイケちゃんが待っていてくれた。

「お姉さん、一緒に出ましょう」

同時に展望エリアに出ると、潮岬灯台で受けた衝撃とは全く違うと感じた。細長い東平安名崎の突端《とったん》にあるので、視界のほぼ全部が海なのだ。少し沖合いには環礁《かんしょう》が見えて白波《しらなみ》の様子が面白い。それぞれが思うままに撮影をしていると、雲の切れ間から太陽があらわれた。

「お姉さん、お日様が出ました！」

「はい。それじゃツーショットを撮ろう！」

二人は何枚も写真を撮ってから、ゆっくりと景色をながめる。

「ねえ、今日も一番乗りで貸し切り状態なのね」

「たまたまだと思うけど、何だか得した気がする」

「イケちゃん、灯台の情報を検索してちょうだい」

「はい、ちょっとお待ちを……あっ、ここも『日本の灯台50選』に選ばれている。初点灯は昭和42年3月で、灯台の光は33キロの沖合いまで届きます。それからね、灯台周辺は『国の名勝』や『日本の都市公園百選』に選ばれているそうよ」

「日本ってさ、ナントカ百選って好きよね」

「続けるよ。平安名埼灯台は最も南にある参観灯台です。これは知ってるよね。最後にね……琉球政府が管理していたころは、東平安名埼灯台って呼ばれていたらしい」

「へえ、そうなの。どうもありがとう」

駐車場へ視線を向けると人が歩いている。大型バスが2台も見えるので団体客だとわかる。二人は充分に満足したので展望エリアから下りる。駐車場に戻ると、郷土品や食べ物を提供する店が営業中だ。車の横でお姉さんがイケちゃんに鍵を渡す。暗黙の了解でイケちゃんは運転席に座りスタンバイ。

「さあドライバーさん、次はどちらでしょう？」

お姉さんが面白い言い方をしたのでイケちゃんも合わせる。

「七又《ななまた》海岸、ムイガー断崖《だんがい》、仲原《なかばり》鍾乳洞《しょうにゅうどう》、ドイツ文化村、それらを全部スルーして、来間大橋を渡って来間島へ向かいます！」

お姉さんはちょっとビックリした顔で言った。

「観光スポットって全部覚えているの？」

イケちゃんは返事をする代わりに、『ニヤッ』と微笑む。


来間島のビーチを見てから竜宮城《りゅうぐうじょう》展望台へ。伊良部島と伊良部大橋が見えて、昨日の光景を思い出した。景色を楽しんだので、再びドライバーを交代して移動する。来間大橋を渡っている途中でイケちゃんが言った。

「お姉さん、このまま真っすぐで果樹園があるわ」

お姉さんはうなずくと、そのまま進んで熱帯果樹園の駐車場へ。

「しぼりたての生ジュースってココなんだね」

お姉さんが言うと、『大正解！』とイケちゃんがこたえる。二人はトロピカルなミックスジュースを飲んだ。

次の目的地は池間島であるが、バーガーショップに立ち寄ってテイクアウトする。今度はイケちゃんの運転で池間島を目指す。池間大橋を渡り、小浜ビーチが見える場所で車を停めた。

「ここで海をながめながらランチしようよ」

「そうね、ここなら申し分ないわ」

のんびりとしたランチが終わるとビーチを散策する。

『池間島は私に運転させてね』と、お姉さんが言う。

淡水化したと言われる池間湿原をスルーすると、白い灯台が見えたので立ち寄る。お姉さんが案内板を見て言った。

「案内板がサビていて、ほとんど読めないわ」

検索中のイケちゃんが解説を始める。

「池間島灯台は沖縄県ではトップクラスの明るさだって。80年以上もこの海域を照らしているみたいよ」

「参観灯台に気を取られていたけれど、のぼれない灯台のほうが圧倒的に多いのよね」

お姉さんが当たり前のことを言ったが、イケちゃんには聞こえていないようだ。さらに進むと、『ハート岩』という小さな看板が目につく。

『何あれ？』と、イケちゃんが言う。

「朝ドラの撮影スポットだと思う。岩のすき間がハートに見えるらしいよ。見てみる？」

イケちゃんがうなずいたので車を停めると、入り口には料金箱があり『１００円』と書いてあるが……お姉さんはお金を入れようとしてやめた。

「こういうのは直接渡さないとダメなのよ」

そう言って奥へと進み、『こんにちは』と声をかけている。あらわれた人にお姉さんはお金を渡して、イケちゃんに手招きをした。

砂浜に出ると明らかにプライベートビーチだとわかった。海水面のギリギリに、ハートの形の空洞?が見える。

「潮が引いた時しか見えないらしいよ」

いつの間にか検索していたイケちゃんが言った。宮古島に着いてからさまざまなビーチを見たけれど、ここは別格かもしれないと二人は思った。

『もっと晴れていたら最高だったのに！』と、お姉さんが小さく叫ぶ。

『参観灯台を全部クリアするまで結婚はしないでね！』と、イケちゃんも叫んだ。

「それって、私のことを言ってるの？」

『さあ、どうでしょう』と、イケちゃんは軽く流してしまった。

帰り際に『撮影ポイント』の印を見つけたのでラストショットを撮る。車に乗り込むと『車はいつ返却する？』と、お姉さんが言う。２日間のレンタルだから今日中の返却だ。

『今から返却すると午後2時ころだよね』と、イケちゃんが何かを考えながら言った。

『夜になったらさ、返却した後が大変よね』と、お姉さんが言った。

その言葉に対してイケちゃんはこたえず、別のことをつぶやく。

「レンタカーとガソリンスタンドの営業時間が何時までか調べるね……どっちも午後6時か……星空を見てから返却しようかと思っていたけど無理そうね」

「あら、そんなロマンチックなことを考えていたんだ……なるほどね」

池間大橋を渡り切ると、今度はイケちゃんが運転する。

「熱帯植物園へ向かいま〜す！」

入園無料の施設だが平日なので人は少ない。ウォーキングコースを楽しんだ後で、指定されていたガソリンスタンドで給油して車を返却。レンタカー屋さんのご厚意で、宿泊中のホテルまで送ってもらえた。イケちゃんが愛嬌《あいきょう》をふりまくった効果だと、お姉さんは思っているようだ。


レストランで夕食をすませて、風呂に入ってから部屋飲みが始まる。

『宮古島での最後の夜にカンパ〜イ！』と、イケちゃんが言う。

「はい、カンパ〜イ。宮古島の感想は……どうだった？」

「お天気にはまあまあ恵まれて良かった。灯台からのながめはステキだったけど、伊良部大橋のインパクトが最高だったわ」

「そうよね。あの橋はすごかった。参観灯台めぐりを始めなければ、宮古島には一生縁《えん》がなかったかもね」

「そのセリフだけど、これから何度も同じことを言うかもしれないね」

「そうかもしれない。明日からの沖縄本島も楽しみだわ」

「ねえ、酔っ払う前に明日からの予定を確認しましょ」

イケちゃんに言われて、お姉さんは座り直して姿勢を正す。お姉さんは行程表を見ながら話し出した。

「明日は10時半ころに沖縄行きの便で出発だから、空港には1時間前の到着にするね」

「空港までの路線バスって時間が合わないからさ、やっぱり歩いて行くの？」

「タクシー使うのもったいないよね。1時間くらいだからさ、のんびり歩きましょうよ」

『ハ〜イ！』と、イケちゃんが元気良くこたえた。

「那覇空港に着いたら、ホテルまではリムジンバスに乗るわよ。ホテルで荷物をあずけてから、歩いて残波岬灯台へ行きます」

「お昼ごはんはどうするの？」

「あっ、忘れてた。那覇空港内で食べてもいいわよ」

「あ〜い」

「翌日は路線バスを乗りついで、ジンベイザメの水族館へ直行よ」

「それから……」

「ホテルでチェックインして、自転車を借りて古宇利島《こうりじま》までサイクリングしよう！」

「そして最終日は？」

「ゆいレールに乗って首里城見学……それで終了。夕方の便で名古屋へ戻る」

「ハイ、お疲れ様でした！」

お姉さんが話している間、イケちゃんは相づちをしながらワインを飲みまくっていた。

『もう酔っ払っちゃったのかしら』と、お姉さんがイケちゃんの顔を見る。

星空を見たいとか言っていたのに、眠そうな顔でフラフラと揺れている。お姉さんはイケちゃんを放置して、宮古島での出来事をメモ帳に記録する。1時間ほどして自分も眠くなりベッドにもぐりこんだ。

◇

翌朝は快晴だった。

『宮古島の最終日が最高のお天気なんて……』と、イケちゃんがボヤく。ホテルから歩いて空港へ向かったが、歩いている人を一人も見かけなかった。

沖縄行きの便に乗ると、30分もしないうちに着陸のアナウンスがあった。機内サービスはキャンディーが配られただけだった。

那覇空港に到着すると、空いているレストランで簡単なランチをしてからリムジンバス乗り場へ。

午後2時半ころにホテル前に到着。貴重品以外の荷物をあずけて残波岬灯台へと歩き出す。少し先に真っ白い灯台が見えた。

灯台に近づいて見上げると『シュッとしたスマートな灯台』という印象だった。急いでのぼると目が回りそうなので、二人はゆっくりモードでのぼる。テッペンに着き同時に展望エリアへ出た。その瞬間、あまりのスケールに二人のカラダは硬直状態に……。強烈な風にあおられ表情がこわばる。

「あっ、私、怖いんですけど……」

そう言いながら、お姉さんは腰が引けている。

「私だってチョット怖いけど……ねえ、手をつなぎましょ」

イケちゃんが手を差し出すと、お姉さんがその手を握る。気持ちが落ち着いたころ、ようやく景色をながめる余裕が生まれた。

『あの断崖ってスゴイわね』と、お姉さん。

『海の色がダークブルーよ。吸い込まれそう！』と、イケちゃん。

二人は岩礁にぶつかる青白い波しぶきを見て歓声を上げる。昨日の平安名埼灯台は比較的おだやかな海だったが、こちらは荒々しい海なので印象が全く異なる。

『私、クセになりそう』と、遠くを見ながらお姉さんが言う。

「何が？」

「まだ3ヶ所目だけど、灯台から見る景色って最高よね」

「来て良かったってこと？」

「ここに着くまでのプロセスも含めてね。そうだ、いつもの灯台情報を聞かせてよ」

「これって私の役割なの？　まあ、良いですけど……残波岬灯台はね、初点灯が昭和49年3月です。灯台の光が到達する距離は33キロメートル。参観灯台になったのは地元からの要望らしいわ」

「へえ、そうなんだ」

「灯台周辺は沖縄海岸国定公園に指定されていて、灯台から見える断崖絶壁は高さが30メートル以上もあって2キロメートル以上も続くそうよ」

「はい、ありがとう。あの断崖絶壁ってそんなに高くて長いのね。アレを見るだけでも来る価値はありそうだわ」

お姉さんにしては珍しい言い回しだが、満足度の高さは今の表情でわかる。

「ねえ、ツーショット撮ろうよ」

お姉さんから言われて、イケちゃんがカラダを寄せて撮影する。


灯台周辺を散策してから残波ビーチへ向かった。二人は裸足《はだし》になって走り回る。

「冬だってことを忘れそう！」

「足の裏が気持ちいい！」

それぞれの感想を叫びながら、子供みたいに飛びはねている。平常心に戻ると、砂浜に座って海を見つめた。

『喉《のど》かわかない？』と、お姉さんが空を見上げて言った。

「ホテルのウェルカムドリンクってあるの？」

「あると思う。そろそろ戻ろっか……」

二人は立ち上がり、お尻についた砂を払い落とした。

チェックインしてからロビーでウェルカムドリンクを飲む。客室に入ると、昨日とは違ってオーシャンビューだ。

『この部屋、高かったでしょ』と、イケちゃんがつぶやく。

「まあね。１泊分くらいは贅沢しないとね」

「その考えには賛成しま～す！」

交代でシャワーを浴びてバルコニーに出ると、西の空全体が真っ赤に染まっていた。いつもならば感想を言い合うタイミングなのに、今は黙って夕景を見つめている。

夕食後は大浴場に入り、お互いの背中を洗ったりして楽しい入浴タイムだった。明日の朝は早い時間帯の路線バスに乗るので、部屋飲みはパスして早めに就寝した。

◇

翌朝、ホテルの朝食をすませてチェックアウト。バス停まで歩いて路線バスに乗る。約2時間半後にジンベイザメのオブジェ前に立っていた。

「やっと着いたわね。ここでの滞在時間は3時間くらいあるから、じっくりと観賞しましょうね」

路線バスに長い時間乗っていたので、イケちゃんは少々ぐったりして返事ができない。チケット代を払って、エントランスから真っすぐに大水槽があるエリアへと向かった。

『黒潮の海』という名前の水槽には、巨大なジンベイザメが2匹も泳いでいます。イケちゃんは水槽に近づき、口をポカンと開けたまま見上げている。

『しばらくそっとしておこうか……』

そう感じたお姉さんは、イケちゃんの後ろで腕組みをしながらジンベイザメやマンタを観賞する。

『何でこんなに大きいの？』と、イケちゃんがつぶやく。

『気分は良くなったの？』と、お姉さんは気遣うが……。

イケちゃんはジンベイザメの検索をしながら、引き続き水槽の前にへばりついている。首が疲れてきたので、お姉さんはトイレへ行く。数分後に戻るとイケちゃんの姿がどこにも見当たらない。

『水族館のどこかにいるだろうから、別行動でも問題なし』

そう決めたお姉さんは、自分も自由気ままに館内を歩き回る。はぐれてから1時間くらいして、イケちゃんからショートメールが届いた。

『マナティの水槽にいます。そろそろ合流して何か食べましょう』

本当にマイペースな妹分だと思うが、一緒にいると楽しいから何も文句はない。

「マナティって、レタスを食べるんだ！」

突然、背後から声がしてイケちゃんはふり返る。

「あっ、お姉さん。そうよ、めっちゃかわいいでしょ」

「ねえ、マナティとジュゴンの見分け方って知ってる？」

お姉さんに聞かれてイケちゃんは考える。

「顔かな、体型かな、わかんないから教えて」

「顔は口の位置で、体型は尾びれの形よ」

「へえ、そうなんだ」

「マナティの先祖はゾウさんと同じらしいわよ。だから爪があるんだってさ」

「お姉さん、スゴイ。何でそんなに知ってるの？」

「昨日の夜に調べたのよ。ちょっと興味があったからね」

二人はレストランで名物？のカレーライスを食べた。

「カレールーの色って、残波岬灯台から見た海の色と同じだわ」

イケちゃんが言うと、お姉さんは……。

「そんなことないでしょ……あら、ホンマだわ」

今回の旅では、お姉さんはやっぱりキャラ変しています。エメラルドビーチで休憩してからイルカショーを楽しんだ。あっという間に3時間以上が経過していた。路線バスに乗り、宿泊するホテルへ向かう。名護バスターミナルからは歩いてホテルに到着。

チェックイン前なので、貴重品以外の荷物をあずけてから自転車を借りてサイクリングを始める。

「目的地は古宇利島よ。片道で15キロメートルくらいあるかも」

「暗くなる前に戻って来られるかな？」

「なんとかなると思うけどさ、とにかくがんばろう！」

お姉さんのテンションに合わせてイケちゃんも声を出す。

「古宇利大橋、待ってろよ！」

それから約40分後、古宇利大橋の手前で写真を撮る。

『やっと着いたわ。結構遠かったわね』と、お姉さん。

「古宇利大橋は沖縄県で2番目の長さよ。早く渡りましょう！」

イケちゃんにせかされて橋を渡り出す。橋の両サイドが海なので、二人は大絶叫しながら進む。古宇利島に着くと自動販売機でドリンクを買った。ビーチを見ながら飲んでいると、太陽がかなり低くなっていた。

『あと5分したら出発よ』と、お姉さん。

「えっ、着いたばかりなんですけど……」

「暗くなったら大変よ。ライトがないからね」

お姉さんに言われて自転車を見ると、ライトが装備されていなかった。

「無料で借りられたから文句は言えないのよね」

再び古宇利大橋を渡って同じルートでホテルに戻る。ホテル付近のコンビニに着いたころには、数メートル先が見えないほど暗くなっていた。

今回の旅では唯一《ゆいいっ》の別室である。入浴をすませてからイケちゃんの部屋で合流。コンビニ弁当を食べながらワインで乾杯した。

『今さらなんだけど、どうして私の部屋なの？』と、イケちゃん。

「だって、あなたは酔っ払うと寝ちゃうでしょ」

お姉さんの言葉に、あまりにも単純な理由なのでイケちゃんは言い返せない。

「さて、最終日の確認をするわよ」

「あ〜い」

「明日はさ、那覇空港を13時25分発の便で中部国際空港へ帰るわよ」

イケちゃんが軽くうなずいている。

「名護バスターミナルから路線バスに乗って、途中の古島《ふるじま》駅前でゆいレールに乗り換えて首里駅へ向かう。ここまではいいかな？」

「ハイです」

「首里城に着くのは10時半すぎだから、1時間くらいは見学できそうよ。それでね、さっき気づいたんだけど、首里城って火事で燃えちゃったんじゃないの？」

お姉さんの話を聞いて、イケちゃんが即答する。

「ご心配は無用です。正殿《せいでん》と周辺の建物は焼損《しょうそん》したけど、それ以外は大丈夫。旅の計画をする段階で気づかない方が不思議だわ……守礼門《しゅれいもん》の前でツーショット撮ろうね！」

イケちゃんに指摘されて、今度はお姉さんが何も返せず。

「えっと首里城見学の後は、正午前にゆいレールに乗って空港へ向かいます。搭乗手続きの後で余裕があればおみやげを買おうと思う。中部国際空港に着いたら現地解散だね。何か質問はある？」

お姉さんの顔を見てイケちゃんが言った。

「まだちょっと早いけど、今回のホスト役……お疲れ様でした。明日の今ごろはウチに着いてるのか……なんだかさ、あっという間だった。ジンベイザメには圧倒されちゃった」

「そうだったわね。水槽の前で見上げたまま動かないから、よっぽどの衝撃だったのね」

二人は今旅での思い出をふり返りながらワインを飲みまくった。イケちゃんが酔いつぶれたので、お姉さんは自分の部屋に戻る。

◇

翌朝は熱いシャワーを浴びてから、イケちゃんの部屋に電話をすると……。

「おはよう。起きてる？　あと何分で出られる？」

「あっ、おはよう。もうシャワー浴びたから20分くらいよ」

「じゃあさ、20分したらロビーで待ってるね」

「あ～い、了解です」

ロビーに現れたイケちゃんの服を見て、お姉さんは小さな衝撃を受ける。

「あら、真っ赤じゃないの」

「南国の最終日なので派手《はで》にしてみたの」

「その格好で家まで帰るの？」

「名古屋に着いたらダウンジャケットを着ますけど……本州はまだ冬ですよ」

南国に5日間もいるので、お姉さんは今が冬であることを忘れていたようだ。

旅程通りのルートで移動して、首里城を見学してから空港へ。搭乗手続きの後、自分用と職場用のおみやげを買った。飛行機が離陸してしばらくしたころ、イケちゃんがポツンと言う。

「もうすぐ終わっちゃうね。なんだか寂しい」

「何を言ってるの。この旅が終わらないとさ、次の旅が始まらないでしょ。次はあなたの番なのよ！」

「そうだった、次は私の番。どこにしようかな？」

「どこにするかは重要だけれど、いつにするかも大事よ」

イケちゃんは、お姉さんの言葉を聞いて考え中の様子。ドリンクサービスが終わったころ、イケちゃんがつぶやく。

「ゴールデンウィークが終わった5月下旬から6月にかけてが良さそうね。でもね、今回の出費が多かったから、6月下旬が良いかも」

「場所はどこにするの？」

「そうね、そのころ暑くなる時期だから……東北地方かな」

午後3時半すぎ、飛行機は中部国際空港に着陸。到着ゲートを出て名鉄線に乗り電車内で解散した。
お姉さんは午後9時すぎに帰宅後、イケちゃんへメールを送る。

イケちゃんへ
先ほど無事に帰宅しました。今回の旅も楽しかったね。4ヶ月後の旅ですが今から楽しみです。次のホスト役、よろしく頼みますよ。
ホスト役を無事に終えて、脱力状態のお姉さんより

お姉さんへ
私は午後8時すぎ、無事に帰宅しましたよ。今回の旅行のホスト役……本当にお疲れ様でした。4ヶ月後は私がおもてなしさせていただきますね。楽しみにしていてください。行程表が完成したら早めに連絡するのでヨロシク。
ホスト役に燃えている妹分より

第6灯目

宇曽利湖《うそりこ》の神秘と立石寺《りっしゃくじ》の絶景をめぐるみちのく旅

第6灯目　宇曽利湖の神秘と立石寺の絶景をめぐるみちのく旅

ゴールデンウィークが始まったころ、イケちゃんは旅行の行程表を作り始める。次の旅行を東北地方に決めたが訪問する順番はどうしようか?……参観灯台が3ヶ所だから3泊4日の行程で大丈夫なのか?　……節約旅にする工夫はどうする?　……何もない状態からの旅の計画……つまり最初から一人で考えたことなどイケちゃんはないのである。

『お姉さんも大変だったんだろうな……』

そう思いながら東北地方の地図を見て、鉄道をメインとした旅から検討する。参観灯台の最寄り駅を書き出してみた。

◎塩屋埼《しおやさき》灯台　ＪＲいわき駅から路線バスで約27分。

◎尻屋埼《しりやさき》灯台　ＪＲ下北《しもきた》駅から路線バスを乗りつぐ。

むつバスターミナルからは約60分。（レンタカー利用も要検討）

◎入道埼《にゅうどうさき》灯台　ＪＲ羽立《はだち》駅から路線バスで約60分。

3ヶ所ともに午前9時から午後4時までが参観時間である。最も遠方にある青森県下北駅を目指す場合だが、航空機利用のルートを検討したが効率的ではないと判明。鉄道での検索は、長野県の松本駅からは7時間半以上を要して運賃が約2万3000円だ。下北駅から次の参観灯台の最寄り駅までは、約6000円弱の運賃だ。さらに最後の参観灯台の最寄り駅までは、1万3000円以上も運賃がかかる。

福島県のいわき駅から松本駅までは、1万3000円弱の運賃がかかる。お姉さんの場合は自宅から松本駅までの往復が約8000円加算される。交通費の概算《がいさん》をしてみると……。松本駅からだと約5万5000円、お姉さんは6万3000円……これに滞在費などを加算すると10万円くらいになりそうだ。

中部地方から東北地方の3県をめぐる旅で、この金額が適正なのか？　……別の手段があるのか？　……考えがまとまらず頭を抱えてしまった。気を取り直して、7月からのJR北海道&東日本パス・フリーエリアを確認してみる。利用期間は7日間で、1万1330円というリーズナブルな料金だ。今回の移動範囲では普通列車と快速列車にしか乗車できないので、乗車時間が2倍くらいになりそう。そうなると、とてもじゃないが3泊4日なんて絶対に無理である。

JRのフリーパスを使うか、あるいは通常料金で新幹線などを活用するか、どちらにも利点はあるが難点もある。イケちゃんは今回のホスト役ではあるが、どっちにするか自分だけでは決められない。お姉さんからの助言をもらおうと思い、メールで状況を説明することにした。

お姉さんへ
大変です。どうしたらいいのかわかりません！　東北地方の参観灯台めぐりですが新幹線などを利用した通常運賃の場合は6万円をオーバーします。ホテル代やその他の費用を考慮すると、確実に10万円超えになってしまいます。
それに対して、7月から利用開始のJR北海道&東日本パスの場合、移動費用は大幅に減らせますが移動時間が2倍くらいになる。3泊4日は不可能になり1週間くらいが必要。格安航空券も主要都市以外はお得感がないので、鉄道旅以外の選択肢はありません。こんな段階での相談はしたくなかったのですが、どうしても自分だけでは決められないの……。どうしましょう？　良きアドバイスをお願いします。
未熟者と自覚している妹分より

イケちゃんからのメールを見て、お姉さんは思った。

『イケちゃんでも悩むんだ。良きアドバイスね……』

通常運賃の場合をイメージしてみる。新幹線を利用すれば3泊4日の旅として成立するとは思うが、なんとなく『弾丸《だんがん》ツアー』の様相だと感じる。フリーパスの場合をイメージする。のんびりと車窓をながめる旅になり、灯台以外の観光地に寄り道しながらだから泊まる回数が多くなるだろう。

今後の人生で東北地方を旅する機会は何度もないと思う……だから、せわしない旅はしたくない。

『これが最初で最後の東北旅』というくらいの気分で充実させたい。自分の思いをイケちゃんに伝える。

イケちゃんへ
東北地方の3ヶ所をめぐるから費用はかかるだろうと予測はしていたわ。私としてはJRのフリーパスが良いかなって思う。せわしない移動よりも、のんびりと車窓を見ながらの旅が好きです。
前にも言ったけれど、心のゆとりが大事だと思うから……6泊7日の旅は最高だと思うわよ！　リクエストがあるの……松島海岸と立石寺には立ち寄りたいから、ヨロシクです。
意外と小金持ちのお姉さんより

お姉さんからのメールを読み、イケちゃんは安心した。『のんびりと車窓を見ながらの旅が好きです』という部分がうれしかった。6泊7日の旅も可能だとわかり、お姉さんからのリクエストも聞けたので旅行の計画を進められる。お姉さんへ返信メールを送る。

お姉さんへ
7月1日から6泊7日の旅で企画します。フリーパスを最大限に活用してホテルはリーズナブルを主体にチョイスしますね。リクエストはおまかせください。アドバイス、ありがとう。
元気だけがとりえの妹分より

数日後、イケちゃんは旅行のルートを考え始める。お姉さんには旅行の前日にウチに泊まってもらうと仮定して松本駅を起点とする。まずは福島県のいわき駅へ向かう。松本駅を朝6時前の電車で出発して東京駅経由でいわき駅を目指すが……塩屋埼灯台の到着時刻は午後4時すぎになる。最終入場が午後3時半だから完全にアウトである。松本駅から秋田県や青森県へ向かうルートは検討してもムダなので、やはり最初は福島県だと決めた。

塩屋埼灯台の到着時間を早めるため、松本駅から東京駅までの区間は『特急あずさ』を利用する。これにより、灯台の到着予定が午後3時なので間に合う。JRのフリーパスは東京駅からの利用になるが、必要な経費は惜しまないことにする。

初日は、仙台駅付近で宿泊。
2日目は、お姉さんのリクエストにこたえて松島海岸を訪れてから下北駅付近で宿泊。
3日目は、レンタカーを借りて尻屋埼灯台を訪れてから弘前《ひろさき》駅付近で宿泊。
4日目は、男鹿《おが》駅へ移動。レンタカーで入道埼灯台を訪れてから秋田駅付近で宿泊。
5日目は、山寺《やまでら》駅へ行き立石寺を訪れる。その後は福島駅付近で宿泊。
最終日は一気に松本駅へ戻る。お姉さんは最終のアルプスライナーに乗車する。

JRのフリーパスの効果は絶大で、2万8000円以上もお得になっている。灯台までのレンタカー利用は、二人分の路線バス代金と燃料費を考慮してもレンタカーが節約になりそうだ。朝食つきのホテル代が5泊で約3万円とすると、その他の雑費を含めても7万円くらいだ。お姉さんのバス代を加算しても8万円以内でおさまる。

行程表を作る土台が決まったので詳細《しょうさい》部分を調べ始め、休日の半分を要して行程表が完成した。事前予約をするのはホテルとレンタカーだけど、予約をする前にお姉さんに行程表のチェックをしてもらう。

お姉さんへ

灯台めぐりの第3弾……行程表が仕上がりました。ポイントをお伝えします。7月1日の出発が早いので、お姉さんはアルプスライナーの最終便にて松本バスターミナルへ前日に移動して私のウチに泊まります。塩屋埼灯台、瑞巌寺《ずいがんじ》、松島海岸、尻屋埼灯台、恐山《おそれざん》、弘前城公園、入道埼灯台、立石寺の順で訪問します。お姉さんは、7月6日のアルプスライナー最終便で帰宅。詳細は行程表を精査《せいさ》してください。交通費、宿泊代、レンタカー代、飲食代、おみやげ代の総額は……お姉さんの往復バス代を含めても8万円以内でおさまりそうです。

頭の中がオーバーヒート寸前の妹分より

イケちゃんからのメールを受け取ったお姉さんは、行程表の細部まで時間をかけて確認してみる。旅行費用が8万円以内になるとは……なんとかなるものだなと思いつつ、がんばって作ったのだと理解できた。そして、行程表についてイケちゃんらしさが感じられるのは、出発前夜に私を泊めるというおもてなしの気持ちだった。

イケちゃんへ
次の旅行はイケちゃんのウチを含めた6泊7日なのね。とてもユニークな企画で今から楽しみです。私の要望を組み込んでくれて、どうもありがとさん。松島海岸や立石寺の滞在時間に余裕があるので、のんびり見学ができそうだわ。この行程表で良いと思います。ホテルやレンタカーの予約を進めてください。
仙台では牛タンを食べると今から決めているお姉さんより

イケちゃんは行程表のゴーサインが出たので予約を始めた。

レンタカーはアッサリ完了したけれど、ホテルの方はあせって失敗したくないと思い慎重になる。下北駅付近でのホテルは選択肢が少ないので簡単に決められたが後の4ヶ所は何を基準にするか迷うのだ。旅行の最終日がショボいと悲しいので、最終日は少しだけグレードを上げようと思う。そのためには他のホテルは平均的なビジネスホテルの料金から選ぶ。2時間以上も考え抜いて全部のホテルの予約が完了……時刻は午前1時である。

『あら、もうこんな時間。楽しいことをしていると、時間って早く進むって言うけどホントかもね……』と、イケちゃんは充実感に満ちているようだ。

月日はあっという間にすぎて6月29日になった。

「伯父さん、明日は夕方のバスで旅行に行くからね。私の車って置きっ放しでも大丈夫?……鍵《かぎ》をあずけるからお願いね」

お姉さんは、お店にいる伯父さんに話しかけていた。しばらくして伯父さんが言った。

「ああ、大丈夫だ。明日は何時のバスだ?」

「16時50分発の松本行き」

「帰ってくるのはいつだ?」

「7月6日の夜8時すぎ。カレンダーに書いたから」

「そうか、気をつけてな」

「伯父さん、出発は明日だよ」

「わかってるよ。今度はどこへ行くんだ?」

「東北だよ。福島県や青森県や秋田県かな……」

「仙台は行かんのか?」

「初日に泊まるけど」

「笹《ささ》かまを買ってきてくれ。みやげはそれだけでいい」

◇

「いいよ。珍しいね、伯父さんからリクエストなんて」

「笹かま大好きなんだ。安物はいらんぞ」

「はいはい、おまかせください」


お姉さんは自宅に帰ると、イケちゃんへ電話する。

「あっ、イケちゃん。こんばんは。今大丈夫かな？」

「大丈夫ですよ。お姉さんは元気？」

「バッチリよ。最高のコンディションかも」

「どうしたの、明日のこと？」

「明日の夜さ、バスターミナルまで来てくれるの？」

「もちろんです。午後7時20分ころに待っていますよ」

「その時間だとさ、おそば屋さんって閉まってる？」

「おそば食べたいの？」

「うん。お店が開いてたらさ、一緒に食べたいなって」

「わかった、調べておく」

「ありがとう。じゃあ明日。おやすみ」

「ハイ、おやすみなさい」

電話が終わるとイケちゃんは検索開始。前回とは違う店をチョイスする。

翌日の午後7時半ころ、少し遅れてアルプスライナーが到着。お姉さんを見つけると、イケちゃんが大きく手をふる。合流してすぐにそば屋へ向かう。店の前に着くと、お姉さんが言った。

「この前とは違う店なのね」

「そうよ。ここもオススメの店です」

およそ1時間半後、そばを食べてからイケちゃんのウチに到着した。

『今が午後9時すぎだから、あと2時間くらいで寝ないと……』と、お姉さん。

「はい。明日は6時半の電車だから朝5時の起床ですよ」

「シャワー使っていいかな？」

「私は明日の朝にします。どうぞ、ごゆっくり」

お姉さんがシャワーをしている間に、イケちゃんは旅行の荷物の最終チェックと明日の朝の準備をした。


シャワーを終えたお姉さんにイケちゃんが言う。

「牛乳とトマトジュース……どっちにする？」

「今夜のワインはおあずけね。トマトジュースにするわ」

イケちゃんはグラスにトマトジュースを注ぐと、お姉さんを見ながら言う。

「灯台めぐりの第3弾スタートに乾杯しよう！」

「はい。乾杯しよう！」

グラスを合わせると、その時点から旅が始まったという雰囲気になる。イケちゃんは行程表を見ながら話し出す。

「それでは、明日の予定を確認します」

「はい、よろしくね」

「明日は6時ころにウチを出発です。東京駅での乗り換え時間は15分……サクサク移動しましょう。いわき駅に着いたら東口のバス乗り場を確認後に昼食タイムよ。塩屋埼灯台を午後4時前に出発してバス停に戻る。いわき駅では待ち時間が長いから、お茶しましょうね。仙台駅の到着は午後9時ころだから、ホテルへ行く前に牛タンが食べられそうな店をチェックしておく」

「牛タンの店は予約が必要かもね。それは私がするわ」

「ハイ、お願いします。それから、JRの切符は購入ずみです」

イケちゃんはテーブルの上に切符を並べる。

「全部でいくら？」

「1万7950円です」

あらかじめ封筒にお金を入れてあったらしく、釣り銭なしで手渡された。

「よ〜し、これで今日はおしまい。もう寝ましょう！」

「そんなテンションでさ、イケちゃんは眠れるの？」

「無理だけど、寝ないと明日が……」

「寝坊しなきゃいいのよ。無理に寝るなんてナンセンス！」

「お姉さん、もうキャラ変してます？」

そんな会話をしているうちに、結局は早めの就寝となった。

◇

朝5時に起きるとイケちゃんはシャワーを浴びる。お姉さんはトーストとコーヒーの準備中。6時に出発して松本駅へ向かう。特急あずさに乗車後、会話をすることもなく二人はウトウトしていた。東京駅での乗り換えをすませ、二人はようやくシャキッとしてきた。東京駅構内の様子を見ながらイケちゃんがつぶやく。

「やっぱり東京だね……人だらけって感じがする」

「人も多いけど、とっても騒がしいのね」

常磐《じょうばん》線の車窓を楽しみ、いわき駅に着いた時はおなかがペコペコになっていた。バス停の位置を確認してから、駅構内のうどん屋で食事をする。路線バスに乗ると、しばらくして空席ばかりになる。

『私たちだけになっちゃったね』と、イケちゃん。

「平日の昼下がりはさ、どこも似たようなものよ」

目的地のバス停がアナウンスされ、降車する際に運転士に灯台の方角を確認。教えてもらった道を進むと、堤防沿いの道になり太平洋の気配が……前方に灯台が見えてきたが、まだまだ先にある。約

15分後、灯台へ向かう階段にたどり着く。受付をすませると、すぐに灯台の中に入る。いつものように二人は同時に展望エリアに出た。

『わっ、すご〜く見晴らしがいい！』と、お姉さん。

『太平洋って感じがするわ！』と、イケちゃん。

「ねえ、潮岬灯台だって太平洋だったわよ」

「そうだけど……ここは、ザ・太平洋って感じなの！」

「この先には、ハワイ諸島や北アメリカ大陸があるから？」

「そういう意味じゃなくて……ちょっと間違えたの」

「はい、素直でよろしい」

二人は写真や動画撮影を始めた。しばらくして撮影を終えたお姉さんが言う。

「イケちゃん、いつものアレお願いね」

「えっと、塩屋埼灯台は初点灯が明治32年12月です。海抜73メートルの断崖に建っていて、約41キロメートルの沖合いまで光が届くそうよ。日本の灯台50選に選ばれていて、周辺一帯は磐城《いわき》海岸県立自然公園に指定されています。かつては地震や戦争による被害を受けて、灯台としての機能を果たせなかった時期があるって書いてある」

「どうもありがとう。灯台に歴史ありってことね」

貸し切り状態で眺望を楽しみ、再び同じ道でバス停に戻る。

路線バスに乗るとイケちゃんはすぐに寝てしまった。毎度のパターンなので、お姉さんは車窓を見てすごす。いわき駅到着後は自動販売機で飲み物を買ってくつろぐ。

その後は常磐線を乗りつぎ、仙台駅到着は午後9時だった。予約した店は駅ビル内にあり遅い時間の食事となる。

ホテルにチェックインすると、お姉さんがつぶやく。

「あら、初日から部屋が別なのね」

「遅い到着なので……すぐにシャワーを使えるからです」

『なるほどね』と、お姉さんは納得する。

部屋に入って1時間後、イケちゃんの部屋に集合。

「ワインを飲みながら明日の確認です」

「はい、お願いします」

「明日は仙台駅発07時35分の電車です。朝食は6時半からなので5時半起きかな……」

「午前1時前に寝れば、4時間以上も寝られるわ」

「7時22分にはホテルを出発して、8時15分に松島海岸駅に着き瑞巌寺へ向かう」

「瑞巌寺って何時から入れるの？」

「8時半から拝観できます」

「仙台駅で電車に乗り遅れたらさ、次は何分後なの？」

「ハイ、40分後になります」

「即答できるなんてスゴイけど、さっきから『です』『ます』調になってるよ。大丈夫なの……リラックスしようよ」

お姉さんに指摘されて、イケちゃんは緊張がほぐれた。

「やっぱり変ですよね。自分で作成した行程表が気になって心に余裕がなかったわ。牛タンの味もあまり記憶にないの」

「あら、もったいないこと。とっても美味しかったわよ」

「明日になれば大丈夫かも。今夜はワインを飲んでリラックスしま〜す！」


明日の確認は途中で終わってしまった。その理由は……。

「あっ、笹かま。叔父さんに頼まれてるんだ！」

急にお姉さんが大きな声で言うので、イケちゃんはビックリ。

「明日の朝に買えばいいんじゃないの」

「お店って開いてるかな」

「フロントの人に聞いてみたら？」

お姉さんは内線電話でフロントに質問したが、フロント係はアルバイトらしく地元の知識はないと言われた。

「お姉さん、なんとかなるって。明日は早めに仙台駅へ行こう。電車の1本くらい遅らせても大丈夫よ」

「そうね、そうしましょう」

◇

翌朝は朝食をすませると7時にホテルを出発。仙台駅に着くと売店のおみやげコーナーが見える。お姉さんは『値段が高いのをください』と言って笹かまを買った。松島海岸駅付近でも買えそうだが、買えなかった場合の保険みたいなつもりで買ったらしい。朝からバタついていたが予定通りの電車に乗れた。松島海岸駅から瑞巌寺へ向かう途中、おみやげを売る店はそれなりに見かけた。まずは開門と同時に瑞巌寺の拝観をする。本堂の屋根を見ると瓦《かわら》の色が違って見える。

『アレって何かしら？』と、お姉さん。

「アレはね、瓦を交換した時期が違うからです」

国宝建築物を堪能《たんのう》してから境内《けいだい》にある五大堂へ移動。渡り橋の板の隙間《すきま》から海が見えるので慎重に渡る。旅の安全祈願をしてから松島の海をながめた。

「とうとう日本三景の松島に来たのね」

お姉さんが満足そうな顔で言った。

しばらくしてイケちゃんが言う。

「お姉さん、島へ渡りましょう！」

「えっ、島って……遊覧船《ゆうらんせん》に乗るってことかしら?」

「遊覧船に乗らなくても島へ行けますよ」

そう言いながら、イケちゃんはある島のほうを指さしている。お姉さんが視線を移すと朱塗りの橋が見えた。

「アレを渡るってことなの?」

「そうよ、行きましょう!」

再びスリリングな橋を渡り、遊覧船乗り場前をスルーして建物の中に入る。料金を払って建物の奥にある通路を進む。福浦島《ふくうらじま》へと真っすぐに続く福浦橋があった。

『10倍以上の長さの伊良部大橋が無料なのに……ここは有料なのね』と、お姉さんがつぶやく。

「福浦島は自然公園みたいな場所らしいわよ」

のんびりと橋を渡り、遊歩道を進んだ先に見晴らし台があった。松の木がポツンと生えている島が見える。

「アレが千貫島《せんがんじま》で、伊達政宗公《だてまさむねこう》にゆかりがあるらしいです」

イケちゃんの言葉を聞いてお姉さんは案内板を読む。人がどんどん集まって来るので写真を撮りながら移動。弁天堂《べんてんどう》に立ち寄りながら散策をして橋を渡って戻る。

「ねえ、おみやげを見てからお茶しようよ」

お姉さんの提案により、お店めぐりが始まった。仙台駅の売店で買った笹かまよりも高級そうな商品を見つけたので購入……仙台駅で買った分は今夜のおつまみになりそうだ。日差しが少しずつ強くなり喫茶店に入って休憩タイム。

「この後は下北駅まで大移動なのよね」

「ハイ、これから松島駅まで歩きます」

「ランチはどうするの？」

「乗り換えが5回もあるけど結構スムーズなんで食事するタイミングがないの。車内でお弁当かパンを食べませんか？」

「いいわね。駅弁を買いましょう」

その後は約7時間かけて青森県の下北駅に到着。午後7時をすぎているので外は薄暗くなっていた。ホテルにチェックインした後で外食をする。部屋に戻ったのは午後9時すぎだった。

「やっと落ち着いたわね」

「お疲れ様でした。長距離移動って慣れるしかないのよね」

お姉さんがワインを注ぎ、値段が安かった笹かまを開けた。

「うん、結構うまいのね」

「どれどれ、うん、お姉さん、私これ、大好きかも！」

酔いがまわる前に明日の行程を確認する。イケちゃんがフラフラし始めて今夜はお開きとなった。

◇

翌朝はホテルの朝食後にレンタカー屋へ向かう。手続きが完了してイケちゃんが運転席に座る。お姉さんは助手席に座るとカーナビの操作を始めた。

「目的地は尻屋埼灯台……はい、セットしました！」

「大丈夫かな……塩屋埼灯台と間違えたりしていないよね」

「失礼ね。そんな間違え……うん？」

「どうしたの？」

「尻屋埼と塩屋埼って似ているのよね。はい、そうです。間違えました！」

「お姉さん。ドンマイです」

「はい、セット完了。今度こそカンペキよ」

「ありがとう。灯台までは私が運転するから、その次はお願いね」

「はい。安全運転で行きましょう」

およそ40分後に尻屋埼灯台に着くと、灯台の入り口は開いている。受付をすませて中に入り、二人同時に展望エリアに出る。太平洋の海風が顔にあたり気持ちが良い。

「これが日本最北端の参観灯台からのながめなのね」

お姉さんの目つきが催促しているので、言われる前に恒例《こうれい》のルーティンをする。

「尻屋埼灯台の初点灯は明治9年12月です。東北最初の灯台だって。約34キロメートル沖合いまで光が届くそうよ。参観灯台としては最北の地で、4月下旬から半年余りの期間だけのぼれるって書いてある。それから、この灯台も戦争による被害を受けて破壊されたんだって。まぼろしの灯台と呼ばれる怪現象のことも書かれているわ」

「はい、いつもありがとう。灯台って目立つから戦争の被害にあったのね。さあ儀式《ぎしき》が終わったから撮影しよう」

二人は移動しながら撮影に夢中だ。

「お姉さん、そろそろツーショット撮ろうよ！」

毎度毎度のくり返しではあるが、二人だけの貸し切り状態なのでテンションが上がりまくっている。

灯台から下りると今度は灯台周辺の散策だ。

「今日はお馬さんがいないのね……」

「いつもいるわけじゃないみたい。運が良ければ見られるってサイトに書いてあったよ」

本州最北の地と刻まれた石碑などを見ながら、ひたすら動画撮影を楽しむ。

「お姉さん、運転ヨロシク！」

イケちゃんから鍵を受け取り、二人は車に乗り込む。

「次は恐山か……カーナビのセットするね」

「どんな場所なのかな……恐《こわ》いのかな？」

「さあ、行ってみればわかるわよ。レッツゴー」

出発して30分後、山道になり、やがて開けた場所に出て湖が見えた。湖畔沿いを進むと駐車場があり車を停める。入山料を納めて中に入ると不思議な空間が広がっていた。恐山菩提寺《ぼだいじ》への門を通り抜けると、左右に小屋のような建物があった。

「アレって、もしかして温泉？」

「そうみたい。硫化水素を含んだ白濁《はくだく》した色らしいわよ。混浴もあるんだって」

「ふ〜ん、そうなの。私はパスだわ」

「私もパス」


境内を進んだ先には順路と書かれた道しるべがあり、それに従って境内を歩き回る。火山ガスが噴出する岩肌や黄色く変色した地面を流れる水が湖へと流れ込んでいる。湖の手前は白砂の浜になっていて、風車《かざぐるま》や花束が刺さっている。

「これが地獄《じごく》から極楽《ごくらく》へのながめなのかしら？」

「宇曽利湖って上空から見るとハートに見えるんだって」

「この湖ってお魚とか棲《す》めるの？」

「環境に適応したウグイだけが棲息《せいそく》しているらしいよ」

「ねえ、太陽が出ているのに雨が降ってきたわ」

「大丈夫よ。折りたたみカサがあるから」

イケちゃんがカサを広げてお姉さんを引き寄せる。

「女同士でさ、なんだかシュールな気分だわ」

「風車と一緒に記念撮影したいかも……」

イケちゃんのとぼけた提案を実行していると、すぐに雨はやんでしまった。

「歩き回っていたからさ、山菜そばを食べたいな」

お姉さんの要望に従って、境内の外にある食堂へ向かう。


山菜そばを食べ終わると、この後の行程を確認する。

「赤川《あかがわ》駅を14時17分発に乗るから午後2時までには車を返却。青森駅では乗りつぎ時間が40分くらいあるよ」

「今が12時半だから充分間に合うね。ここからはイケちゃんの運転だよ」

お姉さんから鍵を渡され、会計をすませて車に乗る。

「下り坂が長いから慎重に運転します」

「あのさ、来た時に太鼓橋《たいこばし》が見えたでしょ。あの下を流れる川の名前って知ってる？」

「知らない」

「三途《さんず》の川だって」

「ウソでしょ。おどかしているつもり？」

「ホントだって……地獄とか極楽があるなら当然だと思うわ」

「事故ったらシャレにならないってことね」

「そうよ、安全運転でいきましょう！」

レンタカーを返却すると、お店の人が赤川駅まで乗せて行ってくれた。赤川駅は開業から100年が経過している無人駅だ。

「こんな場所に一人だったら寂しいよね」

「岐阜県の渚駅は無人駅よ。ここは風情《ふぜい》があって良いじゃない」

「忘れてた。松本の渚駅も無人駅でした……風情はないけどね」

そんな会話をしていると、遠くの方で列車が見えてきた。列車に乗り込むと車窓からは静かな陸奥《むつ》湾が見える。お姉さんがイケちゃんを見ると……目を閉じてゆらゆらしているのでメモリアルショットをゲット！

青森駅に到着後、駅ビル内のおみやげコーナーへ向かう。イケちゃんは、りんごのスイーツを何種類か購入する。

「それっておみやげなの？」

「うん。弘前駅でも買えそうなんだけど、見ていたら美味しそうだから……自分用も買っちゃったの」

「あら、本当に美味しそう。私もここで買うことにするわ」

午後5時半ころ、弘前駅に到着。ホテルに荷物を置いてから弘前城公園へ。公園の案内板を見ると……。

「かなり広い公園ね」

「ハイ、お城があります」

二人は公園内をブラブラと散策する。

「ここは春と秋にライトアップされる桜と紅葉の名所よ」

「そうなの。さあ、お城を見に行こう」

お城は現在石垣修復中のため移転……展望台からその様子の一部が見られた。

「ねえ、夕食はどうする？」

「たまにはピザなんてどうかな」

「ホテルの前にピザ屋があったわ。そうね、そうしよう！」

「今から注文するけど、リクエストってある？」

「大きいのを二人で食べましょう」

検索した画面をお姉さんに見せた。ピザが決まりイケちゃんが電話する。ホテルに戻りながらワインを購入。ピザを受け取ってお姉さんの部屋で宴《うたげ》が始まる。

「お姉さん、私は着替えてくるね」

「ピザが冷めないうちにね……」

「あ～い」

それから2時間ほど飲んだり食べたりしていたが、眠くなる前にお風呂に入ろうと決めて解散した。

◇

翌朝は曇り空だった。雨の心配はなさそうだが、灯台めぐりの時間帯だけでも晴れてほしいとイケちゃんは思った。ホテルの朝食をすませてから弘前駅へ。男鹿駅までは3時間40分も要した。男鹿市役所前でレンタカーを借りる。

「お姉さんが運転してね」

「いいの、じゃあ帰りはイケちゃんね」

「カーナビに入道埼灯台をセットしたよ。レッツゴー」

約50分で目的地に近づいたが、天気はイマイチだ。入道埼灯台の横には広い駐車場やおみやげ屋がある。車から降りて灯台を見上げる。

『今まで見た灯台とはビジュアルが違うわね』と、イケちゃんがつぶやく。

「そうね、黒と白のツートンカラーって斬新かも」

「いつものアレ、ここでやってもいいかな？」

「はい、お願いします」

「入道埼灯台は、初点灯が明治31年です。約37キロメートル沖合いまで光が届くそうよ。日本の灯台50選に選ばれていてね、男鹿国定公園内にあって海に沈む夕日が美しいって書いてあるわ。11月上旬から4月中旬まではのぼれないみたいよ」

「はい、いつもありがとう。真冬にのぼったら凍死しちゃうかもね」

イケちゃんの解説が終わり、二人は灯台へ向かって歩き出す。しばらくすると雲の切れ間から太陽がチラッと出ている。灯台に入り展望エリアに到着。数人の観光客がいたが数分後には貸し切り状態となった。

『あら、二人になっちゃったね』と、お姉さん。

「ラッキー！　日本海のながめは初めてよね」

「ここは……今までに見た灯台の景色とは雰囲気が違うわ」

「灯台の下の海岸線一帯が広々としている……後で散歩したいな」

「あっ、また日差しが出てきたわ。ツーショットのチャンスだから撮っちゃおう！」

写真や動画の撮影が終わり、景色も楽しめたので下へ降りる。


海岸線へ移動して、さっきまでいた展望エリアを見る。

「お姉さん、下からのアングルもステキよ」

「よし、ここでもツーショットだね」

すぐ沖の小島を見ながら散策する。歩き疲れたので、お店に入ってドリンク休憩。

「これで東北の参観灯台めぐりは終わっちゃったわね」

「そうね。旅の最後はお姉さんのリクエスト……立石寺の訪問だけよ」

「せっかく東北地方に来たけど、中尊寺《ちゅうそんじ》や白神山地《しらかみさんち》の訪問は無理だったね」

お姉さんがしみじみと言い、イケちゃんも自分の願望を話す。

「奥入瀬渓流《おいらせけいりゅう》や鶴ヶ城《つるがじょう》にも行きたかった」

「また来るしかないか……いつのことになるやら……」

お姉さんのつぶやきが出たところで出発となった。イケちゃんの運転で男鹿駅に戻りレンタカーを返却。男鹿駅のホームで列車を待つ。

秋田駅には午後6時ころに到着。ホテルへ直行してそれぞれの部屋に入り、1時間後にイケちゃんの部屋に集合。

「食事はどこでするのかしら？」

「あのね、まだ決めてないの」

店の情報を検索するが、結局はホテル内の店が便利だと判明した。食後はイケちゃんの部屋で明日の行程を確認していたが、イケちゃんが眠そうなので早めに解散。お姉さんは部屋に戻り、旅の出来事を手帳に記録する。

◇

翌朝は、ホテルの朝食会場で合流する。

「おはよう。よく寝られた？」

「8時間以上も爆睡《ばくすい》しちゃった。目覚めは最高で〜す」

ホテルを出発して秋田駅へ。午前8時すぎの列車に乗り、奥羽《おうう》本線を乗りつぎ、仙山《せんざん》線の山寺駅に着いたのは5時間後だった。ホームから見上げると立石寺の一部が見える。

『ねえ、もしかして、あそこまで行くの？』と、イケちゃん。

「そうよ。石段が千段以上もあるのよ」

お姉さんの言葉にイケちゃんは絶句している。根本中堂《こんぽんちゅうどう》で手を合わせてから、松尾芭蕉《まつおばしょう》像と句碑《くひ》を見る。それから入山料を納めて石段のぼりが始まった。

「時間に余裕があるからさ、ゆっくりと進みましょう」

いつもはイケちゃんが前を行くパターンが多いが、ここではお姉さんが先に進む。お姉さんのペースに合わせて黙々と進み、途中で何度も休みながら奥の院にたどり着いた。千段以上をのぼり切ったという達成感と高揚《こうよう》感で、二人の顔は紅潮《こうちょう》している。タオルで汗を拭き取り、水分補給をしながらの小休止。

「次は五大堂よ」

お姉さんに言われたが、立石寺のことをリサーチしていないのでわからない。

「検索しなくていいわよ……とにかく行こう」

「ハイ！」

数分後、お堂の中に入って行くと……一気に視界が開けた。

「わ〜スゴイ。オープンテラスみたい」

イケちゃんの発した言葉に、お姉さんは絶句……他の参拝者が苦笑していることをイケちゃんは気づいていない。

「お天気に恵まれたね。結構遠くまで見えるわ！」

「お姉さん、駅が見える……あっ、列車が来たよ。ちっちゃいな……」

ツーショットを撮り、静かに眺望を楽しむ。石段をのぼる時は必死だったので、周りにあった門や石仏を見る余裕がなかった。石段をゆっくり下りて細かな場所までチェック。最後の門にたどり着くとイケちゃんがつぶやく。

「この抜苦門《ばっく》って、英語のバックのシャレかしら？」

「何をバカなこと言っているの。参拝者がこの門をくぐると、全ての苦悩《くのう》が抜けるってことなのよ」

「へ〜、そうなんだ」

山寺駅に戻り、ホームのベンチに座って立石寺を見上げる。

「のぼった後で見上げるとさ、全然印象が違うわね」

「疲れたけど、あそこで感じた風は心地良かった」

「来て良かったわね」

「うん、来られて良かった」

二人の印象は微妙に違うが、二人の笑顔は同じだった。

その後は約2時間半を要して福島駅に到着。ホテルの送迎車に乗り、チェックインをして部屋に入ると……。

「わっ、お部屋に露天風呂《ろてんぶろ》がある！」

「ハイ。最終日は一緒の部屋ですよ。チョット豪華《ごうか》にしてみました」

お姉さんは、イケちゃんにハグしながら言った。

「とってもナイスだわ。ありがとね。もしかして食事もお部屋なのかしら？」

「もちろんよ。そのために節約してきたんだもん」

お姉さんがお茶の準備をしようとしたら、ノックをする音が聞こえた。

配膳《はいぜん》係の人が食事を運んで来た。ホテルの到着が遅い時間だったので、なんとなくバタバタしているようだ。配膳係の人が部屋を出て行き、二人は向かい合って座る。イケちゃんがスパークリングワインを持ってグラスに注ぐ。

「さあ、乾杯しよう」

「ハイ。お疲れ様でカンパ〜イ！」

旅の思い出話をしながら食事を続け、満腹になるとイケちゃんがタタミに横たわる。

『牛になっちゃうわよ！』と、お姉さんが言う。

「私は丑年《うしどし》ですから……」

「あらそう。子年《ね》のチュウコクでした！」

お姉さんのギャグだと理解して、イケちゃんは大笑いしている。

「お姉さんが先に露天風呂入ってよ」

「いいの？」

「ハイ。遠慮なくやっちゃってください」

女同士なので、お姉さんはイケちゃんの目の前で服を脱ぎ露天風呂へ向かう。イケちゃんは少々食べすぎたようで、タタミの上でゴロゴロしたままの状態でバックの中からスマホを取り出す。

しばらくすると露天風呂から、お姉さんが手招きをしている。それに気づいたイケちゃんは、起き上がってお膳をかたづけてから服を脱いだ。

「お邪魔《じゃま》しま〜す！」

イケちゃんが入るとお湯が一気に流れ出した。

「この音ってさ、とっても贅沢な気分がするわね」

「自分のウチではしないもんね」

「やっぱり源泉かけ流しは最高だってことかしら？」

「今回の旅も本当に楽しかった！」

イケちゃんが頭の上にタオルをのせながら言った。

「オッさんみたいよ。でもさ、本当に楽しかったわ」

「明日の大移動……私のお尻、大丈夫かな？」

「今度は座ぶとんでも用意したら」

「空気を入れるクッションのこと？……恥ずかしいのよアレ」

「じゃあガマンしなさい」

「お姉さんはお尻……痛くならないの？」

「さっきからお尻のことばっかりよ。私は大丈夫」

イケちゃんは、さっき見たお姉さんのお尻を思い出して納得する。

風呂から上がり冷蔵庫から冷たいお茶を取り出す。お茶を飲みながら、恒例になりつつある話題になった。

「次はお姉さんの番よ」

「4ヶ月後は紅葉シーズンだよね。どこにしようか？」

「それはお姉さんが決めてね」

「出発日の2ヶ月くらい前になったら決めようかしら」

「お姉さんのご自由にしてください」

「何かリクエストってある？」

「行き先が決まっていないとリクエストできないよ」

「出発日は？」

「11月だとお得きっぷの時期じゃないから、特にないけど台風が心配だよね」

「台風が来るかなんて予測できると思う？」

「過去の気象データとかを検証してみたら……」

「本気で言ってるの？」

「別にね、お姉さんの直感でもいいけど……」

イケちゃんに言われっ放しだが、こんな会話も楽しいのだ。

◇

翌朝は5時に起きて、朝風呂に入ってから朝食タイム。駅まで送迎車に乗り予定通りの電車に間に合った。

『松本駅に着くのは10時間後か』と、イケちゃん。

『私はさらにプラス2時間半だわ』と、お姉さん。

「郡山《こおりやま》駅で40分、宇都宮《うつのみや》駅で約20分、それ以外は乗りつぎが順調すぎるから食事は無理かもね」

「途中駅の売店でパンでも買ってさ、中央本線で食べよう」

午後5時半ころ、ようやく松本駅に到着。急いでバスターミナルへ移動。お姉さんがアルプスライナー最終便に乗り込み、イケちゃんが手をふって見送った。午後10時ころ、イケちゃんのウチにお姉さんからメールが届く。


無事に帰宅したよ。お疲れさまでした。おやすみなさい。じゃあね。

お姉さんより

これにて、みちのく二人旅が終了した。イケちゃんのお尻は……無事でした。

第7灯目

赤レンガ倉庫と江ノ島の夕日が映《は》える旅

第7灯目　赤レンガ倉庫と江ノ島の夕日が映える旅

参観灯台めぐりの第3弾が終わった約2ヶ月後、高山祭りのシーズン前に次の旅行の計画を終わらせようと思いお姉さんは真剣に目的地を考える。

残りの10ヶ所を4度の旅行でクリアするから、まだ4択なので結構迷ってしまう。キーワードは紅葉だけなのかと考えるが、台風の心配もするとなれば簡単には決められない。

『宮崎県は冬でもいいよな……』

『お伊勢参りは春が良さそう』

『静岡県か千葉県だったらどっち？』

しばらくして、お姉さんはあることに気づいた。

『参観灯台めぐりに気を取られすぎてはいないか……』

つまり、灯台めぐりのついでに観光地をめぐるという流れから、今では参観灯台も観光地も同等と考えるべきだと……。

静岡県ならば富士山周辺の観光は必須となる。千葉県ならば有名なテーマパークに立ち寄りたい……定番中の定番しか思いつかない。色々と悩んだ結果、『空気が澄んでいる少し寒い時期が富士山の観賞に適している』と判断して、静岡県から神奈川県のルートに決めた。目的地のエリアが決まったので、次は参観灯台めぐりの順番とアクセス方法および観光地の選定である。2度目なのでなんとなくコツはつかめている……とりあえず、思いつくまま紙に書き出してみた。

西側から順に、まずは駿河湾《するが》の南端にある御前埼《おまえさき》灯台。
次に相模湾《さがみ》の西にある離島の初島《はつしま》灯台。
最後は東京湾の三浦半島にある観音埼《かんのんさき》灯台。

鉄道で検索したところ、イケちゃんのウチから御前埼灯台へ直行するルートは到着時刻が午後4時をすぎてしまう。普通列車による節約旅では間に合わないのだ。同様に観音埼灯台の場合では、到着時刻は午後1時半ごろだ。自分のウチから観音埼灯台への直行ルートの場合は、到着時刻が午後4時をすぎてしまうので間に合わない。

それぞれの渚駅から出発する場合は、直行ルートはどれも上手《うま》くいかないと判明した。そこで最初の目的地を横浜駅にしてみる。鉄道による直行ルートを調べると、午後3時前に二人が合流できると判明する。

1泊目を横浜駅周辺にすれば、中華街で食事したり夜遅くまで観光が可能だ。翌日に浦賀《うらが》方面へ移動して観音埼灯台を訪問する。その後は鎌倉から江ノ電に乗って江ノ島観光を楽しむ。再び江ノ電で藤沢まで完全乗車してから熱海《あたみ》方面へ移動して2泊目となる。

3日目は、船で初島へ渡り初島灯台を訪問する。熱海に戻って富士宮《ふじのみや》方面へ行き、富士山本宮浅間《ふじさんほんぐうせんげん》大社《たいしゃ》で参拝。その後は静岡駅へ移動して3泊目となる。翌朝は早く出て御前埼灯台を訪問する。その後は金谷《かなや》駅へ行き、駅で解散して終了。それぞれの渚駅へは午後10時までには到着できそうだ。

スマホを片手に検索をくり返した結果、あれよあれよと行程表が整ってしまった。

『あれっ、もう完成しちゃったの？』

暫定ではあるが次のステップへ進む。宿泊するホテルの予約を考える段階で、『本当にコレでいいのかしら……』と、自問自答する。『紅葉スポットってあったかな？』と、不安要素ばかりが気になり出す。どこかの公園に行けば少しくらいはあるかも……開き直ることにした。とりあえず、行程表をイケちゃんへと送信してみる。イケちゃんからの返信は翌日に届いた。

お姉さんへ
行程表を見ましたよ。横浜や鎌倉そして江ノ島での自由時間がたっぷりあるのでよろしいかと思います。11月上旬では紅葉シーズンとしては早いのかもしれませんね。リクエストがあるとしたら、熱海のお宿だけちょっぴりグレードアップでお願いします。
中華街での食事を今から楽しみにしている妹分より

イケちゃんからのオッケーが出たのでホテルの予約をする。これで行程表は完成した。

旅行の前日、二人は電話で話している。

「明日の待ち合わせ、どこにします？」。

「私は横浜駅に降りるの初めてなのよ」

「私もです」

「じゃあさ、待ち合わせは最も確実なホテルのロビーにしようかしら」

「そうだね。それがいいと思う」

おかしな会話かもしれないが、横浜駅で待ち合わせをするリスクは大きいのである。駅の規模を見れば、迷路のような巨大ターミナル駅に二人が絶句するのは間違いない。


旅行当日の午後3時ころ、イケちゃんはお姉さんより先に到着していた。

「わあ、おひさしぶり」

「お待たせ。すぐにチェックインしちゃおうね」

それぞれの部屋に荷物を置き、お姉さんの部屋で作戦会議。

「食事は中華街にするけど、まずはどこへ行く？」

お姉さんの問いにイケちゃんが言う。

「赤レンガ倉庫とか港が見える丘公園とかが定番よね」

「ランドマークタワーとかマリンタワーは？」

「あのね、思い出した。ロープウェイに乗ろうよ」

「あっ、ヨコハマエアキャビンのことよね」

「じゃあ桜木町《さくらぎちょう》駅へ向かいましょう！」

「みなとみらいへ、レッツゴー」

桜木町駅から運河パーク駅への空中散歩を体験して、二人のテンションはマックスに達した。その後はランドマークタワーの展望室へ行ったり、赤レンガ倉庫へ行ったりして楽しんだ。

『どの施設も結構お金がかかるわね』と、イケちゃん。

『有名な観光地だからね。目移りして困っちゃうわ』と、お姉さんは笑っている。

「そろそろおなか減ったよ。特製チャーハンが食べたい！」

「私もペコペコよ。中華街へレッツゴー」

数時間後、ホテルの部屋で二人は横たわっていた。

「もう動けない。おなかが苦しいよ」

「あんなに注文するからよ。私も苦しいわ」

「胃薬ってある？」

「あるわよ。一緒に飲もう」

しばらくして落ち着いたので、明日の行程を確認してから解散した。

◇

翌朝は二人ともスッキリした顔で対面する。京浜《けいひん》急行線に乗って浦賀駅へ向かう。浦賀駅からは路線バスで灯台付近まで移動。遊歩道の先の石段を上ると真っ白い灯台が建っていた。受付をすませて灯台の中に入る。

二人で同時に展望エリアに出ると……キラキラする海面を、いろいろな大きさの船舶が往来している。今までに見た灯台からの様子とは異なる光景だ。

「東京湾の出入り口って混雑しているわね」

お姉さんのつぶやきにイケちゃんがつっこむ。

「混雑って大げさでしょ。でも多種多様の船が見えるね」

「逆光になっている方向は、船体が黒っぽく見えるわよ」

「お天気に恵まれて良かった！」

「そうね。それじゃアレ、よろしくね」

「ハイ。観音埼灯台の初点灯は明治2年1月です。約35キロメートル沖合いまで光が届くそうよ。それから、日本最古の洋式灯台って書いてある」

「この灯台が八角形なのは洋式だからか……」

「続けるよ。灯台記念日はね、この灯台の着工日を記念して指定されたって書いてある。日本の灯台

50選であり、今の灯台は3代目だそうよ」

「ねえ、灯台記念日って何?」

「ちょっと待ってね。えっ! すべての参観灯台が無料開放だって。それにね、普段は公開されていない灯台が特別公開されて内部に入れる場合もあるらしい。各種イベントや地元の名産品などの即売会もあるって書いてあるわ」

「へえ、そうなの。どうもありがとう」

灯台周辺を散策してからバス停に戻り再び浦賀駅へ。鎌倉駅に着くと鶴岡八幡宮《つるがおかはちまんぐう》で旅の安全を祈願した。参道周辺のお店をウォッチングしてから鎌倉小町通りでスイーツを食べる。江ノ電に乗車して数分後、車窓に海が見えてきた。

『テレビドラマで見たことある!』と、イケちゃん。

『うん、なんとなく記憶があるわ』と、お姉さん。

江ノ島駅で降りて海へと続く路地を進む。視界が開けると江ノ島大橋の先に江ノ島が見える。橋を歩きながらイケちゃんが言った。

「平日でも人が大勢いるね」

「今歩いているのが江ノ島大橋よ。反対側の橋は江ノ島弁天橋って呼ぶらしいわ」

「ふ~ん。橋が架かる前の江ノ島は東洋のモンサンミシェルだったのよね……」

「確かに……修道院と弁財天《べんざいてん》の違いはあるけど、どちらも砂州《さす》でつながる信仰の島だから……その表現もアリかな」

「ねえ知ってる？　地元のカップルは江ノ島へは行かないって……」

イケちゃんの変な問いかけに、お姉さんは即答する。

「弁天様にヤキモチをやかれてカップルが別れるってこと？……それって迷信だよね」

お姉さんの言葉を聞いてイケちゃんが言った。

「私たちは女同士……だから大丈夫だよね！」

有料のエスカーで島の頂上へ行き、島の裏側を散策する。

「江の島シーキャンドルってさ、日本初の民間灯台らしいよ。管轄は江ノ島電鉄だって」

「そうなの。ここでは灯台よりも夕日よ」

お姉さんの言葉にイケちゃんはうなずく。1時間後、富士山が姿をあらわして夕日に照らされている。ツーショットをゲットして江ノ島を去ることにした。

江ノ島弁天橋を渡っている途中、上空からトビがやって来て観光客の食べ物を奪っていく様子を二人は目撃した。

「わあ、ビックリ。一瞬だったわね」

「ここのトビってデッカいよね。栄養豊富ってことなのかな？」

イケちゃんの推測にお姉さんはうなずくしかなかった。

再び江ノ電に乗車して藤沢駅方面へ移動。熱海駅に着いた時は暗くなっていた。ホテルにチェックインして部屋に入ると……。

「お部屋は普通の和室だけどね、夕食と大浴場はスゴイらしいわよ」

お姉さんに言われてイケちゃんは館内のパンフレットを開く。お姉さんがお茶の準備をしていると、イケちゃんはすぐにお風呂へ行こうと言い出す。

「お茶を飲んで水分補給をしてからよ。到着して30分以内の入浴禁止は鉄則です！」

お姉さんの言葉にイケちゃんは納得した。


夕食のお膳も大浴場も最高だった。部屋に戻るとふとんが敷いてある。

「明日は島に渡るのよね」

「8時40分出港だからさ、朝はのんびりで良いわよ」

しばらくは雑談をしていたが、イケちゃんは大の字になって寝てしまった。相変わらずの寝顔を見て、お姉さんはメモリアルショットを収めた。

◇

翌朝も快晴だった。朝8時ころにホテルを出発して熱海港へ向かう。乗船手続きをして船に近づくと……。

「お姉さん、超カッコいい船よ！」

「あらホント。スタイリッシュで男前ね」

お姉さんの感想は、イケちゃんでも理解不能だ。あっという間に初島に到着……栈橋《さんばし》を歩いて上陸する。

「早く行けば一番乗りになれるかも……」

イケちゃんが言うと、お姉さんが小声で言った。

「ゴメン。船酔いしたかも」

「たった30分なのに？」

『ゆっくりでもいいかな』と、お姉さん。

「2時間以上あるから大丈夫よ。少し休んでから行こう」

灯台へ向かって歩き出すと、アスレチック施設がありスルーして進む。ようやく灯台にたどり着いたが、明らかに今まで見た灯台とは形状が違う。灯台の外側階段を上って展望エリアに到着。しかし他の灯台で得たような高揚感はわき上がらず。灯台の周辺は南国ムードをただよわせる植物に囲まれている。

「なんかパッとしないわね。とりあえずアレをお願いね」

「そうね。気分だけでもいつも通りにしましょう。初島灯台の初点灯は昭和34年3月で約30キロメートルの沖合いまで光が届くそうです。あっ、外側に螺旋階段が設置されているのは初島灯台だけらしいよ。参観灯台にすることが決まってから参観者の利便性を配慮して設置したらしい」

「そうなんだ。オリジナリティーがあるのはグッドね。いつもありがとう。ここでようやく半分か……いろいろな灯台があるね」

「伊豆大島って見えた？」

「坂道のアップダウンがキツくて気づかなかったわ。後でさ、イカ丼食べるからね」

「勝手に決めないでよ。イカ丼って名物なの？」

「幸せな気分になれるらしいわよ」

　お姉さんは遠くを見つめながらつぶやいている。


「参観灯台を全部行くって決めなければ、初島にやって来るなんて想像もしなかった」

　イケちゃんも遠くを見ながら言った。

『ねえ、ここが何県だかわかる？』と、お姉さん。

「伊豆諸島なのかな……わかんない」

「静岡県で人が暮らしている唯一の離島よ」

「ふ～ん」

　灯台の訪問を終えて島の散策をする。イカ丼を食べてから熱海港へ戻り、熱海駅周辺のおみやげ店を物色して富士宮方面へ移動する。富士宮駅から徒歩で富士山本宮浅間大社に到着すると、大鳥居《おおとりい》の向こうに雄大な富士山が見えた。拝殿で安全祈願をすませてから境内を歩き回って写真を撮りまくる。

　静岡駅に到着後は、コンビニ経由でホテルへ向かう。

　1時間後にイケちゃんの部屋に集合する。

「明日の予定を発表します」

お姉さんが言うとイケちゃんが背筋を伸ばした。

「明日は07時41分発の路線バスで御前埼灯台へ向かいます。その後は灯台から金谷駅へ路線バスで移動して駅で解散よ」

「了解しました！　では、最終日の宴を始めます」

イケちゃんがワインの栓を抜いてグラスに注ぐ。二人はグラスを合わせて乾杯した。

「明日の灯台めぐりから後半戦の始まりだね」

テレビの天気予報を見ながらイケちゃんがつぶやく。

『御前崎灯台の次はどこにするの？』と、お姉さんが言った。

「そうか、私の順番が回ってくるんだ……どうしよう」

「あと3回の旅行でクリアでしょ。あなたの担当は2回分だから、よく考えてよね」

「4ヶ月後って考えると春だよね……桜の季節か……」

「今考えなくても良いのよ」

「そうだよね。来年になったら考えよう」

お姉さんはお疲れ気味だったので、イケちゃんが酔っ払う前に自分の部屋に戻った。

◇

翌朝も快晴だった。路線バスを乗りついで灯台付近のバス停に到着したが、進むべき方向がわからない。イケちゃんが素早くマップ検索で確認……道を曲がった瞬間、おむすび型の石碑と白い灯台が現れた。

『やっと見つけた！』と、イケちゃんが叫ぶ。

「あの灯台ってさ、胴体が短くないかしら？」

受付で手続きをしていると、灯台の中から男性が出て来た。その男性とすれ違いに灯台の中に入ると、すぐに展望エリアに着いた。

二人同時に外に出ると、太平洋からの海風を全身に受ける。

『気持ちがいい！』と、イケちゃんが海に向かって叫ぶ。

どうやら貸し切り状態なので、お姉さんも叫んだ。

「今日もお天気最高で〜す！」

叫び終わって景色を見渡すと、灯台の建っている場所の高さに二人は驚く。

「スゴ〜く高いよ。見晴らしは最高だね」

「ホント。下に見える駐車場の車がちっちゃいわ」

お姉さんの尺度は独特だが、海岸線に沿う道路が今まで見た灯台からの景色とは違っていたのは確かである。

路線バスの時間までは余裕があるので、次の観光客が現れるまでここにいようかとイケちゃんは思っている。

「あっ、忘れてた。イケちゃん、いつものお願い」

「思い出しちゃったのね。じゃあ始めます。御前埼灯台は、Aランクの保存灯台であり日本の灯台50選に選定。初点灯は明治7年5月で、約36キロメートルの沖合いまで光が届くそうよ。近代化産業遺産とかいう文化遺産に認定されていてね、建造物として重要文化財にも指定されました」


イケちゃんの解説が終わると、お姉さんがブルブルしている。

「もう降りよう。トイレに行きたいの……」

「ちょっと冷えたからね……」

お姉さんは階段を下りて受付でトイレの場所を聞く。平常心に戻ってから灯台をバックにしてのツーショットをお願いした。

灯台の脇にある階段を下りて海岸に近づく。しばらく散策していたが、風が強いので再び元の場所に戻り移動する。バス停での待ち時間は長かったが、旅の思い出や反省点などを話して楽しい時間がすごせた。金谷駅に到着後、それぞれの行き先のホームに分かれて電車を待つ。

午後10時半ころ、イケちゃんからの『無事に帰宅しました』のメールを確認。これで参観灯台めぐりの第4弾が終了した。お姉さんはベッドに横たわり深い眠りにつく。

第8灯目

伊勢名物の和菓子と
ラッコで有名な水族館の旅

第8灯目　伊勢名物の和菓子とラッコで有名な水族館の旅

翌年の3月初めごろ、イケちゃんは参観灯台めぐりの第5弾に向き合おうとしていた。年が明けた時から、次は『お伊勢参り』と決めていた。ネット情報によると、伊勢神宮周辺での桜の見ごろは4月上旬と書いてある。高山市で行われる『春の高山祭』は4月中旬だ。次の旅行の出発日を決めかねていたイケちゃんは、お姉さんへ電話をかけた。

「こんばんは。おひさしぶりです」

「あら、イケちゃん。ひさしぶりね。どうかした？」

「うん。次の旅行だけど、4月上旬でも大丈夫かな？」

「大丈夫だよ。高山祭は中旬だから問題ないわ」

「ありがとう。じゃあ出発日は4月4日からにするね」

「わかった。よろしくね」

「ハイ。おやすみなさい」

「おやすみ」

電話だと二人の会話はあっけなく終わる……慣れていないからである。電話を終えるとイケちゃんはメモ用紙に行程表を書く。
・待ち合わせ場所は、近鉄名古屋駅の改札口付近。
・松阪城址《まつさかじょうし》を散策。
・鵜方《うがた》駅周辺にて宿泊。
・翌日はレンタカーを借りる。
・大王埼《だいおうさき》灯台へ行って、次に安乗埼《あのりさき》灯台へとハシゴする。
・最後に横山展望台で夕日を見てから車を返却。
・伊勢市駅にて宿泊。
・最終日は伊勢神宮の外宮から内宮へと参拝。
・近鉄名古屋駅で解散。
暫定ではあるが、２泊３日の行程表ができた。

◇

４月４日になった。午前11時ころ、近鉄名古屋駅の改札口付近で二人の渚は合流した。

「お待たせ。ひさしぶりね、元気にしてた？」

お姉さんは少し息を切らせながら言った。

「こんにちは。走って来たの？　……大丈夫？」

二人はお互いの様子を見て、コンディションが良好と判断。

「お姉さん、おなか空いてます？」

「きしめん食べようか。時間は大丈夫？」

「ハイ、ゆっくり食べられます」

きしめんを食べてから松阪駅までの切符を買ってホームへ移動する。


午後1時すぎ、松阪駅に到着。

「まずは観光案内所へ行こう」

お姉さんに言われて移動する。松阪城址のリーフレットをゲットしてから散策を開始。城址の入り口に着いたが平日なので人の気配がない。石段を上って行くと、立派な石垣が見える。さらに上へと進むと広い空間に出て梅の木が並んでいた。梅の見ごろはすぎているので華やかさはない。するとイケちゃんが石垣の一部に乗っかる。

「ねえ、石垣の上……ほら、歩けるよ」

『危なくないの？』と、お姉さんは不安そうだ。

「落ちたら死んじゃうかも！」

イケちゃんは石垣を下りてお姉さんの横に並ぶ。少し歩くと桜の木が見えた。

「わあ、スゴイ。5分咲きくらいかな？」

「ほら、奥のほうは8分咲きかも」

桜を見た瞬間から、二人のテンションは爆上がり状態。1時間くらい歩き回るとベンチに座って桜を観賞する。

「そろそろ駅に戻りましょう」

お姉さんに言われて城址から歩き出す。すると、途中でたこ焼きの文字が……。

「ねえ、小腹が減ったりしません？」

「あれって松阪牛って書いてあるわよね」

お姉さんに問いかけられて、イケちゃんは近づいて確認する。

「ホントだ。たこ焼きじゃなくて牛入り焼きだわ」

二人はお店に入って注文した。味の感想は……まあまあでした。

その後は賢島《かしこじま》方面へ向かい鵜方駅で降りて宿へ向かう。夕方5時半をすぎて薄暗くなっている。宿へ行く前に明日の朝に行くレンタカー屋の場所を確認した。

宿に入って荷物を置いてから二人で買い出しに行く。ワインとつまみ類を買って部屋に戻ると、お姉さんの部屋で宴が始まった。

「乾杯をする前に明日の予定を確認するね。朝8時に宿を出発してレンタカーを借りる。大王埼灯台から安乗埼灯台へと見学。最後は横山展望台です。レンタカーを返却したら宇治山田《うじやまだ》駅へと移動してホテルに泊まる。以上です」

「はい、お疲れ様でした。イケちゃん、乾杯しよう！」

2時間くらいして初日の宴はお開きとなった。

◇

翌朝の天気はまあまあだが風が強い。レンタカーを借りて、まずはお姉さんが運転席に座る。カーナビをセットして発進した。

しばらくすると大王埼灯台方向の矢印が見えた。お姉さんは左ではなく右方向へ進む。カーナビの案内通りに走行しているが、イケちゃんは疑問に思いお姉さんに問いかける。

「目的地は大王埼灯台じゃないの？」

「昨日の夜に話したじゃない。最初はパールブリッジへ行こうって」

イケちゃんには記憶がない……酔っ払っていたのだろう。パールブリッジからの眺望は素晴らしかった。英虞《あご》湾を背景にしてツーショットを収め、パールラインを通って麦埼《むぎさき》灯台の写真を撮ってから大王埼灯台へ向かう。

大王埼灯台バス停の近くに車を停めて、『大王崎』と書かれた大きな絵地図を見上げる。干物《ひもの》などを売る店の前には、猫が1匹うろついている。

とりあえず海岸のほうへ続く道を進むと、長い階段が見えたので上ってみる。階段を上っている途中で何かが目の前を通りすぎたが、そのまま階段を上って行く。階段の先の平坦な場所に黒っぽい無数の物体？が動いていた。

『キャー、デッカいゴキブリがいる！』と、イケちゃんが大声で叫ぶ。

「違うよ。これはフナムシの大群よ！」

お姉さんもビックリしているのは同じであり、二人は大急ぎで階段をかけ抜けた。小さな広場にたどり着くと、ようやく心とカラダが落ち着く。

波切《なきり》神社の前を通って行くと、ようやく灯台の姿が見えた。

「いい感じに見えるけどさ、遠回りしている気がするわ」

お姉さんのつぶやきはごもっともであると思いながら歩いていると、再び数匹のフナムシを見かけた。受付で手続きをして灯台の中に入る。日差しはあるので天気には恵まれたようだ。熊野灘《くまのなだ》の方向には水平線以外には何もない感じがする。灯台の真下を見ると無数の岩が点在。よく見ると白黒模様の猫が香箱座《こうばこずわ》りして海をながめていた。写真撮影の前に恒例の儀式を始める。

「大王埼灯台は昭和2年10月が初点灯。白い光と赤い光の2種類で照らしています。日本の灯台50選に選定され、周辺一帯は伊勢志摩国立公園です。建造物として国の登録有形文化財に指定されたって書いてある」

「はい、いつもありがとう」

展望エリアでの撮影を満喫したので、灯台を下りてから資料室にて『ダイダラボッチの伝説動画』を鑑賞した。最後に受付係の女性にツーショットをお願いして見学終了。

お姉さんはイケちゃんに車の鍵を渡す。イケちゃんは車に乗ると、いつもの指さし確認を始めた。

お姉さんがカーナビに安乗埼灯台をセットする。

直線距離で約10キロメートルなので、短時間の移動で到着した。

「やっぱりレンタカーって便利よね」

「何よ、急に。どうかしたの？」

「あのね、路線バスだと鵜方駅経由のルートしかないのよ。タイムロスが大きすぎるからレンタカーにしたの」

「大正解よ。パールブリッジが見られたからね」

車から降りると観光客向けの看板が見えた。

『あなたが来るまではきれいだった……と言われないように！

あなたのゴミはあなた自身の手で持ち帰って下さい』

「国立公園内だから当然なんだよね」

「日本人のマナーってさ、世界の人たちが思っているほど成熟はしていませ〜ん！」

イケちゃんが大声で言いながら歩き出す。一本道を進むと白い灯台が見えてきた。

「あれっ、四角いわ……珍しい」

「天気が良くなってきたね。トビが旋回《せんかい》しているよ」

イケちゃんが言うと、お姉さんが並んできて灯台とのトリプルショットが撮れた。受付をすませて展望エリアへ……的矢《まとや》湾をながめる。急激に怪《あや》しい雲に覆《おお》われて、ポツリと雨粒が落ちてきた。

「さっきまでお天気だったのに……」

景色が単調に見えてテンションが下がり気味の二人である。

「灯台からの景色ってさ、短時間で続けて見ると新鮮味が薄い気がする」

お姉さんの言葉を聞いて、イケちゃんは同感だと思った。

「じゃあ始めるよ。安乗埼灯台は、白亜四角形の中型灯台で現在は2代目です。初点灯は明治6年4月。約31キロメートル沖合いまで光が届いているそうよ。日本の灯台50選に選定されていて周辺一帯は伊勢志摩国立公園です。建造物として国の登録有形文化財に指定されているって書いてあるから大王埼灯台と同じね」

「はい、いつもありがとう。もう雨は大丈夫そうね」

「灯台めぐりってながめだけじゃないと思うわ。灯台の立地や形状も重要な観賞ポイントです。何度も訪問できる場所ではないからこそ、その時に見たどの景色も印象に残ると思う。来て良かったということに変わりはありません。そうよね、お姉さん」

「あら、とってもステキな感想ね。同感よ」

しばらくして観光客が展望エリアに現れたので二人は灯台から下りた。

「まだ11時20分か。ねえ、鵜方駅を13時20分発の電車に乗れば午後2時までにラッコで有名な水族館に着けるよ」

「えっ、お姉さんは水族館に行きたいの？」

「あのね、パールブリッジから英虞湾が見られたからさ、横山展望台から見下ろす必要はないかなって……せっかくだからラッコの水族館のほうが良いと思っただけよ」

「お姉さん、ナイスよ。そうと決まったら早めに移動しましょ。水族館へ、レッツゴー」

「それって私のセリフなんですけど……」

予定より早く車を返却して鵜方駅へ。ナント、12時20分発の電車に間に合った。

水族館での滞在は約3時間もあったが、飼育種類が日本一なので全部の展示を見ることはできなかった。だけど、お目当てのラッコやスナメリなどが見られて大満足だった。

「おなかが空きすぎて死にそう……」

イケちゃんがマジ顔で言う。

『宇治山田駅までガマンしてね』と、お姉さんが言った。

それから1時間後、二人はホテルのレストランで食事をしていた。

「旅行中って食事を忘れちゃうのよ」

「それだけ夢中になっているって証拠《しょうこ》よね」

お姉さんの正論にイケちゃんは何度もうなずく。

客室に入ると順番にシャワーを浴びた。その後は買い出しをして部屋飲みが始まる。

「酔っ払う前に、明日の行程を発表します」

お姉さんの声にイケちゃんは反応した。

『ラジャー』と、返事をしながらワインをグラスに注ぐ。

「明日はホテルを午前7時すぎに出る。宇治山田駅のコインロッカーに荷物をあずけてから伊勢神宮を参拝します。外宮《げくう》から内宮《ないくう》という王道の順で移動するよ。午前9時すぎに外宮前バス停で路線バスに乗る。内宮の参拝後に、内宮前バス停に戻るのは午前10時半ころ……そして近鉄名古屋駅に午後1時すぎに到着して解散」

「ちょっとせわしない気がするけど……」

「その後の路線バスでも大丈夫よ」

「了解です。じゃあ乾杯！」

「はい、カンパ〜イ！」

「お姉さん。2泊3日って短いよね」

「そうね、たった1日の違いだけど3泊4日のほうが満足度が高そう」

「4ヶ月ぶりに会えたのに、ほんの3日でお別れは寂しい」

「あら、そんな風に思っていたの」

「それにね、あと2回でクリアでしょ。8月と12月で終わっちゃうよ」

「まだ2回もあるじゃない」

「ねえ、来年はどうなるの？」

イケちゃんはワインを飲みながら、子供のようにカラダをゆらしている。

「先のことはわからないわ。ねえ、もう酔っ払ったの？」

「まだ酔ってなんかない。次は私がホスト役だよね」

「何を言ってるの。今回がホスト役でしょ。次は私よ」

「じゃあ、次は真夏のテーマパークがいい」

「もう次の旅行を決めちゃうの？　夏休み中は混むよ」

「あそこは1年中混んでいるよ」

そう言ってから、イケちゃんは大きなアクビをした。

「ねえ、もう眠いんじゃないの？」

「うん、今日はお昼寝してないから……」

確かに今日は電車では寝ていなかった。

「先に寝ていいよ」

「あ〜い。おやすみなさいませ」

イケちゃんがベッドにうつ伏せになった。お姉さんは恒例のショットをゲットする。

『イケちゃんの寝顔ショット……かなり増えたかな』

そんなことを思いながら、お姉さんはテレビの天気予報を見始めた。

◇

翌朝は6時前に起床。ホテルの朝食をすませてから出発する。宇治山田駅で荷物をあずけてから伊勢神宮外宮へ向かう。敷地内に入ると広い空間には大勢の人がいた。

「平日の朝なのにスゴイわね」

イケちゃんはスマホの検索をしながら言った。

「朝から団体さんが何組もいるみたいよ」

人の流れる方向へと二人はゆっくり進む。参拝後は、ゆっくりと境内を歩き回る。


内宮前バス停に着くと外宮前の雰囲気とは全く違う。明らかに活気があり参道周辺はにぎやかだ。おかげ横丁に伊勢名物の名店を見かけたが今はスルーした。

周辺の景観に配慮したと思われる五十鈴川《いすずがわ》郵便局……郵便局の名称が右から左への表記になっていた。そのまま人の流れに合わせて進むと左側に鳥居と橋が見える。

「あの橋を渡ると別の世界になるらしいわ」

お姉さんの言葉を聞いてイケちゃんは検索して読み上げる。

「宇治橋は内宮への入口で、日常の世界と神聖な世界を結ぶ架け橋と言われている」

二人は宇治橋を渡りながら五十鈴川を見下ろす。


京都御所に似た雰囲気の道を歩いて行くと、再び五十鈴川が見えたので川辺に近寄ってみた。川の水で手を清めてから、日本屈指《くっし》のパワースポットである正宮《しょうぐう》にて参拝をする。参拝後は別宮《べつぐう》へ向かい、芸術品のような建造物や不思議な形をした木を観賞した。宇治橋を渡り日常の世界に戻ると、二人は伊勢名物の名店へ直行した。

有名な和菓子とお茶で、伊勢神宮参拝をしめくくる。

『桜が綺麗《きれい》だったね』と、お姉さん。

「ホント、ステキだった。ねえ、おみやげはどうする？」

消費期限が3日だと確認してから、名店の和菓子を購入した。


路線バスで宇治山田駅に戻り行程表通りの電車に乗る。しばらくは今回の旅行の話をしていたが、イケちゃんはいつも通りに眠ってしまった。お姉さんは今旅では最後となるメモリアルショットをゲット。

午後1時すぎ、近鉄名古屋駅に到着。

「今度は8月か……それまで元気でね」

「何だか寂しいよ。次は3泊以上しましょうね」

イケちゃんのリクエストにお姉さんはうなずく。

「じゃあ、またね」

「ハイ、お姉さん！」

午後6時すぎに帰宅したお姉さんは、『帰りましたメール』をイケちゃんへ送信。そのメールにイケちゃんが返信。参観灯台めぐりの第5弾が無事に終わった。

第9灯目
ジンギスカン鍋と魔法のテーマパークを満喫する旅

第9灯目　ジンギスカン鍋と魔法のテーマパークを満喫する旅

梅雨空《つゆぞら》から初夏の陽気になり、お姉さんは旅行を意識する。

『そろそろ第6弾を企画するか……』

参観灯台めぐりは残り2回でクリアする。だから二者択一なので難しく考えたら決められない。山陰地方の冬がどのくらい寒いのかわからないが、宮崎県は台風シーズンを避けた12月が良さそうだ。千葉県は夏でも冬でも大丈夫そうだが、有名なテーマパークや東京見物は夏休みシーズンでも大丈夫なのだろうか。結局、あれこれと考えてお悩み中だ。

自分がホスト役だから自由に決めていいルールだけれど、自分が選ばなかったほうが自動的にイケちゃんの担当になる……そう考えると慎重になってしまう。

3日間考えたが結論を出せなかったので、サイコロをふって決めることにした。偶数が出たら山陰地方&宮崎県で、奇数なら千葉県&東京観光にする。

丼の中にサイコロを1個落とす……カランカランと音をたてた後、サイコロは1の目を上にして止まった。奇数なので千葉県&東京観光に決まったが、それと同時にサイコロで決めたことをイケちゃんには内緒にしようと決めた。

旅行の企画をしようとして最初に考えたのが初日のスタートだ。東北地方への旅行の時と同様に、旅行の前日にイケちゃんのウチに泊まって一緒に出かけるパターンが良いかもしれない。そして次の次である山陰地方へ向かう旅の時は、自分のウチにイケちゃんを泊めるというパターンにしたい。そんなヒラメキから企画を考え始める。

松本市の渚駅から、犬吠埼《いぬぼうさき》灯台と野島埼《のじまさき》灯台へ直行した場合をそれぞれ比較してみる。その結果、どちらも午後4時前には到着できるが参観するには時間の余裕がない。これは節約運賃の場合なので、最短時間で検索するとどちらも午後3時前には到着することができる。しかし、その場合は3000円前後の出費が増える。テーマパークでの出費を考えると、なるべく交通費は節約したい。しばらく考えてみたが、初日に参観灯台めぐりをするのは避けようと考えた。すると突然、大きな疑問が脳裏をかけ抜けた。

『千葉県の有名なテーマパークって、2ヶ所あるけれど……どっちなの？』

数秒後に別の疑問が脳裏に浮かぶ。

「もしかして両方なの？」

思わず声に出してしまうほどの重要度である。頭をフル回転させて次にやるべきは何かと考える。別ルートの検証だと気づき、今度は松本市の渚駅から、テーマパークの最寄り駅までのルートを検索。特急あずさを使えばなんとか午前中には着くと判明。最初に新しいテーマパークへ行って、翌日にもう片方のテーマパークという行程が必要なのか……結論は出ない。自分はどちらかというと新しいテーマパークだけでも構わない。イケちゃんの意見を聞いてみようと思いメールすると数分後に返信がきた。お姉さんは想定外の内容にがく然とした。

お姉さんへ
テーマパークはどちらにするかという質問ですが、私としては断然オリジナルのテーマパークかな。でもね、せっかくだから新しいテーマパークも行ってみたいかも。耳が大きいぞうさんに乗りたいな……。
かわいい妹分より

『結局は両方ってことなのね』と、お姉さんは理解する。京葉線《けいよう》の駅付近で1泊するという行程を最優先とした。テーマパークへの訪問と参観灯台の訪問……どちらを先にすれば旅全体が盛り上がるか真剣に考える。これといって決め手はない。いつの間にかサイコロを手に取っていた。サイコロをふった結果、最後の2日間を千葉県のテーマパークにすると決まった。

行程表のイメージを列記してみる。
初日は、高さ日本一の電波塔の展望デッキを中心とした観光をして千葉駅付近で宿泊。
2日目は、野島埼灯台を訪問。ヒツジが有名な牧場で散策。成田駅付近で宿泊。
3日目は、成田山新勝寺《なりたさんしんしょうじ》で参拝。その後、銚子《ちょうし》電鉄に乗車して犬吠埼灯台を訪問。

テーマパークの最寄り駅付近で連泊。
4日目は、テーマパークざんまいの1日になる。
5日目は、午後3時ころまでテーマパークで遊ぶ。イケちゃんのウチに泊まる。
翌朝一番のアルプスライナーで自分は帰宅。

イケちゃんのウチで2泊する……これで自分の場合に限り6泊7日の旅になった。とりあえず、これで行程表を作成してみる。
大まかな流れは決まったが、イケちゃんの了解が得られるかチョット心配。行程表をイケちゃんへ送信。数時間後に返信があった。

お姉さんへ
ウチに2泊もするなんて大歓迎です！　私のリクエストは組み込んでもらえたので大丈夫ですよ。宿泊施設はスタンダードでいいと思う。有名なテーマパーク以外での贅沢はやめましょうね。
ヒツジで有名な牧場のジンギスカン料理が食べたい妹分より

イケちゃんからのメールを見て、自分自身の6泊7日が決定した。千葉県内でのホテル予約はアッサリ決まったので、それ以外についてはボチボチ考えることにする。

◇

あれよアレよと時が進み、8月7日の夕方になった。お姉さんはお店にいる伯父さんに声をかける。

「今から出発するね」

「あいよ。気をつけてな。いつ帰ってくるんだ？」

「カレンダーに書いておいたよ」

「そうか。どこへ行くんだっけ？」

「千葉県とか東京とかだよ」

「誰と行くんだ？」

「伯父さん、ボケちゃったの？　松本の渚ちゃん」

「ああ、そうだった。おみやげよろしくな」

「食べ物と飲み物……どっちがいい？」

「千葉県だったら落花生《らっかせい》だな。東京はバナナ味の洋菓子でいいぞ」

「わかったわよ。じゃあね」

アルプスライナーに乗り込み、数時間後に松本バスターミナルに到着。イケちゃんの出迎えを受け、手をふりながら近づく。

「お姉さん、おひさしぶり。おそば食べたい？」

「えっ、うん、連れてってくれるの？」

「ハイ。松本に来た時は私がおもてなしするわ」

「あら、ありがとさん」

ニコニコしたイケちゃんの顔を見ていると、テンションが上がるのを感じた。3度目の松本だが今度のそば屋も絶品だった。

「とても美味しかったわ。明日から贅沢は禁止ね」

イケちゃんのウチに着くと、旅行の前夜祭だという名目で家飲みが始まった。

「明日は7時に出発だからさ、早めに寝ましょうね」

「じゃあ5時半起きか……がんばります。カンパ～イ！」

「はい、乾杯」

2時間ほどおしゃべりをして、お姉さんは風呂に入る。イケちゃんは旅行の準備と確認を始める。日付が変わる前に二人は就寝した。

8月8日の朝は曇り空だが、朝からチョット蒸し暑い。午前7時に出発して東京駅に着いたのは正午ころだった。

「電波塔の展望デッキ以外はどこへ行きたい？」

お姉さんに聞かれてイケちゃんは考える。

「展望デッキからは夜景が見たいな。夕方までは食事とか買い物がしたい」

「じゃあ、まずはランチしよう！」

二人は駅前ビルのレストラン街へと向かった。ランチが終わるとイケちゃんが何かを検索している。

「ねえ、どこに行きたいか決まった？」

「うん。隅田川《すみだがわ》から水上バスに乗って、東京湾へ向かうのはどうかな？」

「いいわよ。その後で浅草寺《せんそうじ》に立ち寄ってから展望デッキへ行こう。午後9時ころまでにホテル到着っていう流れになるわね」

『じゃあ、浅草《あさくさ》方面へ……レッツゴー』と、二人は声をそろえて小声で言った。


浅草に到着後、地下鉄構内のコインロッカーに荷物をあずける。吾妻橋《あづまばし》の西岸寄りにある水上バス乗り場へ。浜離宮《はまりきゅう》方面の水上バスに乗船して隅田川を南下する。10ヶ所以上の橋の下を通りぬけて行くルートは、二人にとってはドキドキやワクワクの連続だった。浜離宮に着岸してから庭園内を散策。その後は地下鉄で浅草に戻ってから浅草寺で参拝。旅の安全祈願をすませて仲見世《なかみせ》通りをブラブラする。

午後6時ころになり、電波塔の展望デッキへ向かう。ウェブでチケットを事前購入していたので、スムーズにエレベーターまでたどり着く。

まずは地上350メートルの展望デッキからの景色を見下ろす。

『もうそろそろ夕焼けが見られそうね』と、お姉さん。

『お天気には恵まれたみたいね』と、イケちゃん。

展望デッキを歩き回って全方向をながめる。30分くらいして薄暗くなると、少しずつ街の明かりが点灯する様子が見えてきた。

「ねえ、もっと上へ行こうよ！」

イケちゃんの表情を見てお姉さんがうなずく。


地上450メートルに着くと景色が全く違っていた。西の空には富士山のシルエットが見える。南側の東京湾にはゲートブリッジまで見えた。しばらくすると、道路沿いの街灯や建物の照明によって少しずつ夜景が完成しようとしている。

「とてもキレイだわ」

「ホント、宝石箱みたいよ」

イケちゃんの言葉に、お姉さんは吹き出して笑った。

「何よ、笑わないで！」

イケちゃんがにらんでいる。

「ゴメン、ごめん。だって、らしくないんだもん」

お姉さんはまだ笑っている。

「私だって、ロマンチックな気分になるの！」

そんなやり取りをしていると、夜景はさらに完成度を高めていく。

「隅田川の橋もライトアップされていてステキね」

イケちゃんはうっとりしながらつぶやく。ツーショットをゲットしたので名残惜しいが下界へと移動する。階下の商業施設で食事をすませて、路線バスで錦糸町《きんしちょう》駅へ行き総武《そうぶ》線で千葉駅へ移動。途中で買い物をしてからホテルにチェックイン。お姉さんの客室にて恒例のミーティングと飲み会が始まる。

「まずは旅の初日、お疲れ様で〜す」

「本当に疲れたわ……トシかしらね」

「カンパ〜イ！」

「乾杯！」

二人は美味しそうにスパークリングワインを飲んだ。

「明日の行程表の確認をするよ」

「ハイ。お姉さん、ヨロシクっす」

イケちゃんは早くもほろ酔い気分か……。

「明日は7時すぎにホテルを出発。内房線で館山《たてやま》駅へ移動して路線バスに乗り換えて灯台を目指すよ」

「野島埼灯台だよね」

「そうよ。灯台見学の後は館山駅に戻って、次の目的地はヒツジさんの牧場よ」

「ジンギスカンだぞ〜」

「はいはい。昼食はジンギスカン料理で、夕方ごろまで滞在する」

「その後は成田方面へ移動でしょ」

「あら、ちゃんとわかってるんだ」

「ねえ、電波塔のお店で買ったメロンパン食べようよ」

「スパークリングワインにメロンパンって……」

「じゃあ、私だけ食べる」

イケちゃんは大きなメロンパンに、大口を開けて食らいつく。

お姉さんが仲見世で買った芋ようかんを食べていると……。

「スパークリングワインに芋ようかんってマジですか？」

イケちゃんは仕返しのつもりだが、お姉さんはワザとうまそうな顔をして食べている。


しばらくはテレビを見ながらのもぐもぐタイムが続く。

「ねえ、私にも芋ようかんちょうだいよ」

「あら、さっきバカにしてたでしょ」

「メロンパンは美味しかったけど、そっちも食べたいの」

『どうしよっかな……』と、お姉さん。

『じゃあ、あんこ玉でいいから……』と、イケちゃん。

「ダメよ。あんこ玉はあげない！」

お姉さんがわざと大きな声で言うと、二人は同時に大笑いする。芋ようかんとイチゴ味のあんこ玉をイケちゃんに差し出す。イケちゃんも、紙袋の中からベビーカステラの小袋を出してお姉さんに差し出す。物々交換の成立だ。

「さあ、明日のために風呂に入って寝るわよ」

「お邪魔しました。妹分は部屋に戻って寝ます」

「寝坊しないでよ。おやすみ」

「ハイ、おやすみなさい」

◇

翌日の天気は雲が多いがまあまあの天気だ。館山駅に着くと、少々南国っぽい雰囲気になる。路線バスに乗って南へ進む。途中で高台の上に建つ館山城がチラッと見えた。一瞬だけ海が見えてから市街地を東へ進む。灯台最寄りのバス停で降りたが、どこの道へ進むのかわからない。

「イケちゃんの出番よ」

素早く検索すると、イケちゃんが路地の入り口を指さす。バス停から5分歩いた先に、真っ白い灯台が見えた。もうすぐ午前9時なので、そのまま灯台へ直行する。係員が灯台の扉を開けている様子が見えたので声をかける。

「おはようございます。入れますか？」

「はいどうぞ。一番乗りですよ」

受付をすませてから灯台の内部に入る。二人で同時に展望エリアに出た。パッと視界が広がり、太平洋の海風を全身に感じた。

「わあ、あそこが房総半島の最南端かしらね」

お姉さんが南側の岩場を指差している。

「そうみたい。後で行きましょうね」

展望エリアを移動しながら写真撮影をした後、恒例行事が始まる。

「野島埼灯台は、白亜八角形の洋式灯台です。日本の灯台50選や国の登録有形文化財になっている。初点灯は明治2年12月で、約31キロメートル沖合いまで光が届くそうよ。観音埼灯台や潮岬灯台と同期らしいよ。周辺一帯は南房総国定公園です」

「はい、いつもありがとう。じゃあ、叫ぼうか」

お姉さんが言うのでイケちゃんは身構える。

「じゃあ私から……もっと幸せになりたいよ〜」

お姉さんの叫びを聞いて、イケちゃんは複雑な気分だ。

「次は私ね……お姉さんと旅ができて最高！」

イケちゃんの叫びを聞き、お姉さんはイケちゃんにハグをした。ツーショットをゲットした直後に観光客が展望エリアに上がって来た。

「じゃあ、最南端へ行こう！」

お姉さんの合図で灯台を下りた。遊歩道を進むと岩場の上にベンチが見える。近くへ行くと座っていた人が立ち上がって譲ってくれた。二人は会釈《えしゃく》してからベンチに座る。

「とても優雅な気分だわ」

お姉さんのつぶやきの後、イケちゃんは灯台をバックにしてツーショットを撮る。

「参観灯台めぐりってさ、やっぱり面白いよね」

お姉さんが太平洋を見つめながら言った。

「灯台の周辺って自然が多いから見ていて飽《あ》きないよね」

イケちゃんも岩場に打ち寄せる波しぶきを見ながら言う。ベンチから立ち上がり、二人は一緒に深呼吸をする。

「さあ、次は牧場よ」

「ソフトクリーム食べたい！」

再び同じルートで戻って内房線に乗り、佐貫町《さぬきまち》駅から路線バスで牧場へ。スマホでチケットの事前購入をしたのでスムーズに中に入れた。まずは広い敷地内をチェック。食事をする場所が確認できたので、しばらく散策しておなかを空かせようと考えた。


正午を少しすぎたころ、待望のジンギスカン鍋の食事が始まる。イケちゃんの食べっぷりは見事だが、お姉さんは心配になり一応忠告する。

「食べすぎると動けなくなるよ。ソフトクリーム食べるんでしょ。ブルーベリー摘みの体験もするんでしょ……」

お姉さんの言葉に首をタテにふるだけで食事のペースは変わらない。食後のコーヒーを飲みながらイケちゃんがひと言。

「ああ、美味しかった。後で胃薬ちょうだいね」

食後は動物園を見学してから周遊バスに乗る。ブルーベリー摘み体験をした後、おみやげコーナーに立ち寄ってソフトクリームを食べた。

「満足したかな？」

「ハイ、大満足であります」

「大人になっても結構楽しめたわね」

「お花に囲まれたお姉さんは幸せそうだったよ」

イケちゃんは撮影したお姉さんの写真を見せた。

「あらホント。お見合い写真に使おうかしら」

「遺影にも使えるよ」

二人はバカ笑いをしながら、楽しかった牧場を後にした。


成田駅に到着してホテルへと直行する。

「たまには外食しながら飲もう」

お姉さんの提案で1時間後にロビーに集合。駅前の居酒屋に入店してレモンサワーで乾杯する。焼き鳥や刺身を食べながら、牧場での話で盛り上がった。イケちゃんが完全に酔っ払う前にホテルに戻る。

「明日は7時半に朝食会場だからね。寝坊しないでちゃんと起きなさい」

お姉さんの口調は、本当の姉みたいになっている。

「ハイ。お姉ちゃん、おやすみなさい」

イケちゃんも、いつの間にやら『お姉ちゃん』と言っていた。

◇

朝食をすませてから、チェックアウト前に成田山新勝寺を参拝する。

「旅行中に何も持たずに参拝するって新鮮だわ」

イケちゃんは朝からゴキゲンな様子。

「旅慣れてきた証拠よ。快適に効率良く楽しむにはちょっとした工夫が大事なのね」

お姉さんも身軽さをアピールするためスキップをする。旅の安全祈願をしてから、建物を背景にして写真を撮りまくる。

「今日も暑くなりそうね」

「銚子電鉄のぬれ煎餅《せんべい》が食べたい！」

イケちゃんが食べ物の話をしたので思い出した。

『落花生買わなくちゃ……』

ホテルに戻り、成田線で銚子駅を目指す。銚子駅から銚子電鉄に乗り換え、犬吠駅へ向かった。

「なんか古そうな車両ね」

「銚子電鉄を検索すればわかるわよ」

お姉さんに言われたが、今は車窓を楽しむことに専念する。犬吠駅では、それなりの数の観光客が降りた。イケちゃんが灯台までのルートを検索して歩き出す。海岸沿いの道を上って行くと、数本のアンテナの奥に犬吠埼灯台の雄姿が見えた。

灯台に近づくと真っ白い郵便ポストがある。珍しいので二人は並んでツーショットをゲットした。

「ねえ、いつものアレだけど、この灯台は特別だからここでやってよ」

『特別って何かしら？』と思いながら、イケちゃんはスマホを取り出す。

「ちょっと待ってね。えっと、犬吠埼灯台は、世界灯台100選に選定されている灯台です。歴史的に特に重要な灯台で、日本において5基選定されている内の1基なんだって！」

「はい、続けて」

「ハイ。初点灯は明治7年11月で、約36キロメートル沖合いまで光が届くそうよ。日本の灯台50選や国の登録有形文化財に選定されている。周辺一帯は水郷筑波《すいごうつくば》国定公園です。それから、Aランクの保存灯台であり第1等灯台らしいよ」

「第1等灯台って何かしら？」

「今調べる……わかったわ。第1等レンズを使用した灯台のことで、現役の灯台では5基だけです」

「つまり、最も大きいレンズを使っているのね」

「そうよ。あっ言い忘れていた。レンガ造りの灯台では、尻屋埼灯台に次いで2番目の高さって書いてある」

　いつも以上に厳粛《げんしゅく》な儀式が終わり、二人は灯台内部の階段をのぼり始める。

「階段の途中に段数とかが書いてあるよ」

　イケちゃんが楽しそうに言う。

「あっ、99段だって。でもまだあるよ」

「九十九里浜《くじゅうくり》があるからってピッタリの段数にはなっていなかったのね」

　お姉さんが笑いながら言うと、展望エリアにたどり着いた。数人の観光客がいるので、はしゃぐことができず……とりあえず、太平洋の絶景をながめる。

「日差しがまぶしすぎるわ」

　そう言ってから、お姉さんはサングラスをかけた。

「わあ、カッコいい。女優さんみたいよ」

　イケちゃんにおだてられて、お姉さんはポーズをとった。それをすかさずイケちゃんが写真に収める。

　5分ほどして展望エリアが貸し切り状態になった。二人は動画撮影やツーショットをゲットして大満足。

「いよいよカウントダウンが始まるね」

　太平洋の水平線を見つめながらお姉さんがつぶやく。

「それって、あと3ヶ所でクリアだからってことなの？」

イケちゃんは、ちょっと寂しげに言った。

「次はイケちゃんがホスト役だよ。キッチリしめくくってね」

イケちゃんがうなずくのを見て、お姉さんは階段を下りる。少し遅れてイケちゃんも階段を下りた。

資料室を見学して犬吠埼灯台の訪問が終了。


再び同じルートで犬吠駅に戻り、駅の売店でイケちゃんはぬれ煎餅を2種類買う。お姉さんは『まずい棒』をバラで2本購入。銚子電鉄で銚子駅に戻ると、今度は総武本線で八街《やちまた》駅へと向かう。

「どうして八街駅なの？」

「伯父さんがね、おみやげは落花生がいいって」

「千葉駅や成田駅でも買えるんじゃないの？」

「そうかもしれないけど、八街で買ったって言えば伯父さんが喜ぶかなって……」

イケちゃんは内心ではビックリしている。おみやげをもらった人が喜ぶかなんて考えたことがない。お姉さんの感性は自分にはないことが多いので、これからも見習おうと思っている。


八街駅付近のお店に入ると、大きな袋で落花生が売られている。カラに入ったままの落花生がキロ単位でも買えるようだ。

「試食しますか？」

お店の人に言われて、お姉さんは落花生を食べた。小袋で買って伯父さんにショボいと言われたくないので、大袋で買って送ってもらう手続きをした。イケちゃんは落花生の加工品を買った。

八街駅からは、津田沼《つだぬま》駅経由で東西線の浦安駅に到着。テーマパークへのバス乗り場を確認してからホテルにチェックイン。

「今日から連泊ですよ。一緒の部屋なのでよろしくね」

昨日と同様に外で食事をして、軽く部屋飲みをしてから就寝。

◇

翌朝はテーマパークの開園と同時に入場した。なるべく二人で一緒に楽しめるアトラクションを優先したが、耳が大きいゾウさんの乗り物……お姉さんはパスでした。

夕方になり、新しいテーマパークへ移動する。待ち時間が少ないアトラクションを選んで楽しんだ。アトラクションにも飽きたので、ショッピングモールへ行き夕食タイムとなる。その後は、打ち上がる花火を鑑賞してからホテルへ帰った。

次の日はホテルから舞浜駅へ直行してコインロッカーに荷物をあずけた。

「さあ、昨日乗れなかったアトラクションに行くよ！」

お姉さんは気合いが入っている。イケちゃんとしては自分が乗りたいアトラクションは乗れたと思っている。今日はグッズが買えればそれでいいというお気楽モードだ。テーマパークに直行すると、お姉さんは自分のお目当てのアトラクションに並ぶ。

「イケちゃんは何か乗りたいのある？」

「お姉さんと一緒ならそれでいいよ。おまかせします」

「そうなの、ありがとね」

午後1時をすぎたころ、お姉さんのアトラクションめぐりが終わった。

「ねえ、今からはイケちゃんの時間よ。どこへ行く？」

「お気に入りのお店があったの。グッズを買いたいな」

イケちゃんは、ティーカップとお菓子の詰め合わせを買った。昼食はピザを食べ、テーマパークでの魔法の時間が終わった。

舞浜駅から京葉線で東京駅へ。お姉さんは、おみやげコーナーで東京名物であるバナナ味の洋菓子を購入。

「さあ、松本へ帰りましょう」

「ハイ、夕食は松本でおそばですよ」

「そうだったわ。よく覚えていたね」

「うん。だからピザは少ししか食べていません」

松本駅に到着後、そば屋へ直行して夜食タイム。食後はイケちゃんのウチで今回の旅行の反省会をかねた家飲みをした。

「千葉県のテーマパークは楽しかったわね」

お姉さんがおみやげを見ながらつぶやいた。イケちゃんはテーマパークで買ったお菓子の詰め合わせをテーブルに置く。

「ワインのおつまみになるかな？」

「まったく問題な〜い！」

お姉さんの言葉にイケちゃんは大笑いしている。


反省会では、隅田川の川下りや日本一の高さを誇る展望エリアから撮った写真を見て盛り上がる。やがてテーマパークのアトラクションの話題になり、次に行く機会を想定して乗ったり見たりしたい候補を言い合う。

お姉さんは、イケちゃんよりも少しハイペースでワインを飲んでいた。イケちゃんが新しいワインボトルを開けようとした時、お姉さんがつぶやくように言った。

「別れたの……」

よく聞き取れなかったと思ったイケちゃんが聞き返す。

「なにが……どうしたの？」

「私ね、実はカレシと別れちゃったのよ……」

「冗談のつもり？　もう酔ってる？　えっ、ホントなの？」

「ごめんね。本当はさ、カレシがいたんだ……イケちゃんとは恋愛の話ってしないよね。だから話す機会がなくって……隠していたわけではないのよ」

「大丈夫、気にしていないから……ねえ、別れた理由とか聞いてもいいかな？」

お姉さんは軽くうなずくと、ワインボトルを見つめながら話し出した。

「彼はね、信用金庫で働いていた時に知り合った職場の先輩よ。一緒に食事をしたり誕生日プレゼントの交換をすることもあったから、友だち以上で恋人未満……そんな微妙な関係のつもりでいたわ」

「交際期間は長かったの？」

「なんとなく5年くらい……おみやげ屋で働くようになってから会う回数が減ったわ」

「もしかして、私がお姉さんを灯台めぐりに誘ったことが影響しているの？」

「それはないよ。4ヶ月に1度くらいの旅行じゃないの……」

「女同士の二人旅よりも、本当はカレシさんと旅行がしたかったんでしょ……」

「彼は旅行好きって感じではないの。ドライブはしたけどさ、いつも日帰りよ。私はね、あなたとの二人旅が楽しいの……だから……」

イケちゃんは、お姉さんが無理して明るくふる舞っているように見えた。

「お姉さん、私、なんでも聞くよ。つらかったら泣いてもいいよ……」

イケちゃんの優しい言葉を聞き、お姉さんは白いハンカチを握りしめて泣き出した。

しばらくして、お姉さんがイケちゃんの顔を見ながら言った。

「ゴメンね、泣いたりして。そして、ありがとう。あなたがそばにいてくれて良かった」

「カレシさんとはもう会わないの？」

「うん、会わない。価値観の違いに気づいちゃったし、休日のすれ違いにもうんざりしていたの……あんなヤツと別れて良かったのよ……どこかにいい出会いはないかしら」

お姉さんの本音はわからないが、お姉さんの笑顔が見られてイケちゃんはホッとした。

◇

翌朝、アルプスライナーの始発でお姉さんは帰宅した。参観灯台めぐりの第6弾が無事に終わったが、昨夜のお姉さんの意外な告白が心に残っている。イケちゃんとしては、これからお姉さんとどう向き合って行くか……時間をかけて考えることにした。

第10灯目

アマテラスの世界と難読駅名の旅

第10灯目　アマテラスの世界と難読駅名の旅

参観灯台めぐりの第6弾が終わった数日後、イケちゃんはお姉さんへメールを送る。

お姉さんへ
あれから私なりに考えてみました。私と出会っていなければ……お姉さんはカレシさんと別れることはなかったと思います。参観灯台めぐりは無関係だと言ってくれましたが、やっぱり関係があると思う。だから、もういいです……参観灯台めぐりは中止にしましょう。5年もおつき合いをしたカレシさんと別れるなんて……今からでも遅くないです。カレシさんと復活してください。今まで一緒に旅をしてくれて、ありがとうございました。お姉さん、お元気で……。
いつまでもお姉さんの妹分より

イケちゃんからのメールを読み終えると、お姉さんは急に表情が険しくなる。

『なんなの、このメール！』

お姉さんは、カラダ中から怒《いか》りがわき起こるのを感じている。その怒りを持続させたままメールを書き始めた。怒りにまかせた文章なので、読み返すこともなく送信した。


おい、私の永遠の妹分！

ふざけたこと書いてるんじゃないわよ。お元気でだと……勝手に終わらせるなんて許さない！一緒に旅していた私の気持ちは無視するのか！　カレシと別れた本当の理由はね、「好きな人ができた……」って言われたからだよ。私が泣いたのはね、そんなクズ男の様子に気づかなかった自分が情けなかったから。ハッキリ言うよ。私を怒らせたからには、タダではすまないってこと。

鬼の形相《ぎょうそう》をしたお姉さんより

メールを受け取ったイケちゃんは、腰を抜かすほど驚いた。

『これって、本当にお姉さんからのメールなの……』

電話ではなくメールでよかったと思いつつ、改めて内容を確認する。

「カレシさんに好きな人ができたから別れを告げられたってことか……」

イケちゃんは無意識につぶやいた後、どうやったらお姉さんの怒りがしずまるのかと考えることになった。

『お姉さんの逆鱗《げきりん》に触れた文面はどこかしら……』

お姉さんを相手に器用にふる舞うことなどできない。だから素直な言葉であやまるしかないと考えがまとまった。

鬼の形相のお姉さまへ
お姉さまは今、シラフでしょうか？　酔っ払っていないことを願いつつ、心からおわびします。一方的に旅をやめるなんて言ってごめんなさい。顔文字を入れるとふざけていると思われるので改めて言わせてください。参観灯台めぐりをやめるなんて勝手に決めたりして本当にごめんなさい！　くわしい事情も知らないのに先走ってしまいました。反省しています。これからもお姉さんと一緒に、何度でも何度でも旅がしたいです。
人間として、まだまだ未熟者の妹分より

イケちゃんからの返信を読んだお姉さんは、カラダ中から怒りが消え去るのを感じた。メールで気持ちを伝えるのが面倒になったので、ひさびさに電話をかける。お姉さんからの着信だとわかり、イケちゃんのカラダが一瞬だけ固まる。

「はい。お姉さん、こんばんは」

「鬼の形相のお姉さんです。こんばんは」

「お姉さん、怒ってます？」

「うん、さっきまではね」

「メールに書いたとおりです。反省しています」

「イケちゃんは別に悪くないよ。私が興奮しすぎただけ……」

「じゃあ、これからも一緒に旅を続けられるのね」

「私はさ、ずっとそのつもりだったよ」

電話で話をして、お互いにおだやかな気持ちになっている様子。

「それにしても、お姉さんの元カレってひどいわね」

「昨日ね、信用金庫の時の同期に電話したらさ、元カレなんだけど、お見合いで結婚するってウワサがあるらしいの」

「もしかしてだけど、お姉さんはフタマタされていたってことなの？」

「もう関係は冷め切っていたからね……逆にスッキリした気分よ」

「お姉さん、無理してないよね」

「あら、信じてくれないの……あなたこそ隠していることがあったりして」

「私は何もありません。ウソじゃないです」

「ねえ、私が本気で怒っていると思った？」

お姉さんから問われて、イケちゃんは一瞬だけ言葉につまる。

「あのね、最初に読んだ時、ものすごくビックリしたの……次に読んだ時にね……」

「どうしたの、大丈夫？」

「うん、大丈夫よ。『おい、私の永遠の妹分！』の永遠の文字に気づいた時、涙が出てきちゃって……

お姉さんの優しさがうれしかった」

「やめてよ、恥ずかしいじゃない」

「お姉さん、大好き！」

「女同士の大好きか……それもアリだね」

◇

秋のお彼岸《ひがん》がすぎて紅葉の季節が到来したころ、イケちゃんは参観灯台めぐりの第7弾……つまりファイナルを意識している。

『そろそろ考えなくっちゃ……』

11月の初旬になり、イケちゃんは行程表作成に取り組む。ノートパソコンに向き合った瞬間……過去にお姉さんへ伝えたルートのことを思い出す。

『串間駅から志布志港経由のルートで大阪まで戻って来られます。船旅もよろしいかと』

つまり最後に訪問するのは都井岬灯台がベターだということだ。そうなると、出雲日御碕《いずもひのみさき》灯台から角島《つのしま》灯台をめぐって九州に渡るというルートが自然な流れになる。とりあえず行程表を書いてみた。

初日は高山本線に乗車して、富山駅経由で金沢駅へと移動するパターンで作成したが、どうもうまくいかない……何かとタイミングが合わないのだ。結局、初日にフェリーで移動するパターンが良いとわかった。参観灯台めぐりの集大成になるので、訪問する観光地もこだわるつもりだ。

とてもザックリではあるが6泊7日の旅に仕上がった。移動にかかる交通費の総額は、高山市の渚駅から出発して、再び渚駅に戻って来るまでが5万6000円以上になる。このままでは、旅行全体の費用が大変なことになりそうだ。イケちゃんは頭をフル回転させて考えると……節約旅行の最強アイテムを思い出した。『青春18きっぷ』である。使用できる期間が限られているので、今までは活用するチャンスがなかった。世間では未成年者を対象としていると思っている人がいるらしいが大人でも使用可能なのである。

幸いにも今回の行程表は、特急列車を利用しても効率が良いとは思えない。だから普通列車や快速列車がメインでも影響は少ない。青春18きっぷの利用によって、約1万2000円余りがお得になる。とりあえず行程表をお姉さんにメールで伝えた。

お姉さんへ
参観灯台めぐりのファイナルは、12月15日からスタートです。
訪問先リストなどをお知らせしますね。

(私は前夜にお姉さんのウチに泊まる)
1日目は、渚駅から岐阜駅や大阪駅を経由して埠頭《ふとう》へ向かう。
大阪湾から志布志湾へフェリーで移動します。
2日目である翌朝に、志布志駅から串間駅へ移動して都井岬灯台の訪問。

（延岡《のべおか》駅へ移動して宿泊）

3日目は、延岡駅前から路線バスで天岩戸《あまのいわと》神社と高千穂《たかちほ》神社を訪問。
（特急列車で小倉《こくら》駅へ移動して宿泊）

4日目は、山口県の特牛《こっとい》駅経由にて路線バスで角島大橋を渡って角島灯台を訪問。
（山陰本線を乗りついで出雲市駅へ移動して宿泊）

5日目は、路線バスで出雲日御碕灯台を訪問。次は路線バスで出雲大社へ行き参拝。
（一畑《いちばた》電車に乗り、出雲市駅経由にて鳥取駅へ移動して宿泊）

6日目は、路線バスで鳥取砂丘へ行く。
（山陰本線や小浜《おばま》線を乗りついで、一気に金沢駅へ移動して宿泊）

7日目の最終日は、兼六園やひがし茶屋街を見物する。
（富山駅経由で高山本線に乗り換え、渚駅へ戻って来る）
（私はお姉さんのウチに泊まり翌朝帰宅する）

移動などの交通費が5万6000円以上になるので、今回は青春18きっぷの利用で約1万2000円ほどの節約ができる。路線バスについても、1日フリーパスやバスカードの購入で節約できそうですよ。このプランについての意見や要望を聞かせてください。
ダイエット中の妹分より

夕方に送信したメールの返事は、その日の夜9時すぎに届いた。

イケちゃんへ
行程表の訪問先リストを読みました。やはり1週間は必要みたいね。私の場合は年末年始が忙しいので12月15日の出発ならば大丈夫よ。参観灯台以外にも魅力的な訪問先が勢ぞろいしているから楽しみだわ。この行程表で進めてください。要望があるとすれば金沢城にも行ってみたいな。ではよろしくね。
最近はよく夢を見るお姉さんより

メールの内容を読んでイケちゃんはホッとした。これでホテルやフェリーの予約ができる。今回はファイナルなので『旅のしおり』を作ろうと考えている。

◇

1ヶ月余りが経過した12月13日の夜、イケちゃんはお姉さんへ電話した。

「お姉さん、こんばんは！」

「はい、こんばんは」

「明日はね、高山バスセンターに着くのが夜8時すぎなの……迎えに来てくれる？」

「いいわよ。20時18分着のバスでしょ」

「そうよ。ねえ、その時間でも高山ラーメンって食べられる？」

「うん、大丈夫だよ。ラーメン食べたらさ、また温浴施設に立ち寄ろうね」

「お姉さんと最初に会った日に行った場所のこと？」

「そうそう、背中洗いっこしたよね」

「うん、行きたい」

「じゃあ、待ってるよ」

「はい。あっ、言い忘れていた。青春18きっぷは私が二人分買ってあるからね。それだけ……じゃあね！」


電話を終えると、イケちゃんは『旅のしおり』の最終チェックをしてバッグに入れた。リュックの中身も確認して、旅行の準備がすべて整った。


翌日の夕方、仕事を終えるとイケちゃんは松本バスターミナルから移動。約3時間後、高山バスセンターに到着。バスを降りると、お姉さんが手をふって近づいて来た。

「いらっしゃい。元気にしてたかな？」

「お姉さん、ひさしぶり。会いたかったわ」

「あら、私もよ。さあ、高山ラーメン食べに行くよ」

「ハイ、もう腹ペコです」

その後、ラーメンを食べてから温浴施設へ行き、お姉さんのウチに着いたのは午後11時ころだった。

『明日は7時半すぎの列車よ。朝6時起きだから早く寝ようね』と、イケちゃん。

『6時じゃダメ。5時起きです！』と、お姉さんが訂正した。

◇

翌朝の5時に起きると、まずは交代で朝シャワー。コーヒーとトーストで朝食をすませて駅へ向かった。ホームで列車を待っている時にイケちゃんが言う。

「今日の予定だけど、大阪駅か弁天町駅でゆっくり昼食タイムが……そうだ、お姉さん、どうぞ！」

イケちゃんは、自作の『旅のしおり』を渡した。

「何これ、サプライズ？」

受け取ったしおりのページをめくり、お姉さんが言った。

「ステキなしおりね。テンションが上がってきちゃったわ」

それから約8時間後の夕方4時ころ、ようやくフェリー乗り場に到着した。乗船手続きをすませてからお姉さんが言う。

「朝5時に起きてさ、やっと旅のスタート地点よ。私たちの場合、山奥から来たって感じがいなめないわ……」

「お姉さん、ドンマイ！」

夕方5時になり乗船が始まる。二人にとって、水上バス以来3度目の船旅である。

「お姉さん、船酔いしたら言ってね。酔い止め薬持ってきたから……」

「こんなに大型のフェリーで船酔いなんてするかしら」

「油断してるとヤバイわよ。明日の朝までは15時間以上もあるってこと忘れないでね」

イケちゃんの言葉の意味がわかり、お姉さんはチョット気分が悪くなった。

◇

出港時は真っ暗で海の景色は楽しめなかったが、翌朝になってデッキへ行くと……。

「灯台から見ていた風景とは全然違うよ」

「そうかしら……揺れているからじゃないの？」

海風を全身に受けて、お姉さんは寒さに身ぶるいしている。二人のテンションは少しずつ高まっていた。

朝9時前に志布志港に到着。足早に志布志駅へと向かい、列車で串間駅へと移動する。コミュニティバスに乗り込みホッとしていると、乗客のオバさんから言われた。

「シートベルトをしなさい！」

二人はシートベルトを着用してから、オバさんに向かってペコっとおじぎをする。オバさんは小さくうなずいている。

しばらく走行していると、いつの間にか乗客は二人だけになっていた。すると、運転手が声をかけてきた。

「観光客かい。どこまで行くの？」

「都井岬にある灯台です」

イケちゃんがこたえると、運転手が記憶をたどっている。

「俺は30年以上前に行った記憶があるよ」

「景色はどうでしたか？」

「新婚旅行のついでに行ったけど覚えてないや」

運転手とイケちゃんの会話が途切れたが、再び運転手が話し出す。

「お客さん、このバスは灯台までは行かないよ」

『えっ？』と、二人そろって言った。

「ビジターセンター止まりだよ。そこからは歩きだな」

「どのくらい歩くんですか？」

「多分だけど、5キロメートルくらいかな……」

二人は顔を見合わせて絶句している。その様子に気づいた運転手が言う。

「灯台の手前まで乗せてってあげるよ。だけど帰りは自力でバス停まで戻って来てね」

運転手のオジさんから想定外のご厚意を受け、二人は何度も礼を言う。灯台へ向かうルートは一本道だが、コミュニティバスで5分以上も走った。灯台の手前で降りると、コミュニティバスは去っていった。

「バスの時刻は12時45分発。約2時間もあるからのんびりできるわね」

お姉さんの言葉を聞いてイケちゃんは黙ってうなずく。イケちゃんとしては自分のチェックが甘かったと反省している様子。

天気はイマイチだが、少しでも回復することを願いながら歩き出す。真っ白い灯台の扉に向かって真っすぐな階段があり、なんとなく灯台がお城のように見える。

受付をすませて灯台の中へ……雲は多めだが海面は太陽の光を反射している所がある。運転手さんは風が強いかもと言っていたが、微風程度なので拍子抜けしてしまう。

イケちゃんによる、いつもの儀式が始まった。

「都井岬灯台は九州では唯一の参観灯台です。初点灯は昭和4年12月で、約44キロメートルの沖合いまで光が届いているそうよ。標高240メートルの断崖に建っていて、日本の灯台50選や国の登録有形文化財に選定されています。周辺一帯は日南《にちなん》海岸国定公園の最南端に位置するって書いてあるわ」

「はい、どうもありがとう。天気は今のところイマイチだけどさ、ここまで来たっていう達成感があるわよね」

お姉さんが言った『達成感』というワードにイケちゃんは反応した。

「達成感か……あと2ヶ所で全部を制覇するけど、その時の達成感ってどうなんだろう」

イケちゃんのつぶやきにお姉さんが言った。

「どうかな……その時になってみないとね」

写真撮影をしてから無言で景色をながめていた。観光客が上がって来たので灯台見学は終了となる。

受付の人に会釈をして通りすぎると、売店には赤や緑の怪しげな色のドリンクが並んでいた。

「ニッキ水って何かしら？」

「黄色いのもあるわ。ラムネとは違うみたいだよ」

「さあ、バス停に向かって歩くわよ」

お姉さんはキャスター付きのバッグをゴロゴロと音を立てて引きずる。イケちゃんも同じようにして歩き出した。

「県道36号線だって。舗装《ほそう》されていて良かったね」

ゆるやかな下り坂が多かったので、40分くらいでバス停に到着した。

「思っていたよりも距離が短かった気がする」

「3キロメートルもなかったわね。下り道が多かったから楽だったわ」

コミュニティバスは来ていないので、ビジターセンターに入って見学をしながら待機。30分くらいしてコミュニティバスが来た。オジさんが一服しながら立っている。二人がコミュニティバスに近づくとオジさんが言う。

「どうでしたか灯台は？」

「海風はおだやかで、とても良いながめでしたよ」

イケちゃんがこたえると、お姉さんもひと言。

「送っていただいたおかげでゆっくり見学ができました。ありがとうございました！」

運転手のオジさんは軽く片手をあげてほほえむ。定刻になりコミュニティバスが発車すると道路脇に馬の姿が見えた。

『あれは野生の馬だ』と、オジさんが教えてくれた。

◇

午後1時半ころ串間駅に到着。列車を待つ間、待合室でパンを食べる。日南線から日豊《にっぽう》本線に乗りつぎ、延岡駅に着いたのは4時間半後であった。延岡駅の改札口を出るとイケちゃんがお姉さんに向かって言う。

「もう限界なの。おなか空いた！　ファミレスへ行きたい」

「私も空腹だけど、ファミレスってどこなの？」

「ちゃんと調べたわ。駅から5分の場所にあるの！」

駅前の道を左に曲がると、大きな黄色い看板が見えた。

夕食が終わりホテルにチェックイン。1時間後にイケちゃんの部屋に集合した。

「では明日の行程を確認します。延岡駅前のバスセンターで1日乗り放題乗車券を買います。ほぼ半額になり約1600円分のお得になる」

イケちゃんが言うと、お姉さんが拍手しながら言った。

「素晴らしい。ナイスだわ！」

「では続けます。路線バスで高千穂バスセンターへ行き、別の路線バスに乗り換えて天岩戸神社で参拝する。高千穂バスセンターに戻ってきたら高千穂神社で参拝する」

「ねえ、天岩戸神社での滞在時間は？」

「2時間50分です」

「そんなに必要なの？」

「必要なの。行ってみればわかるわ」

お姉さんは黙ってうなずく。

「そして路線バスで延岡駅に戻って、特急列車で小倉駅へ向かう」

「何で特急列車なの？」

「普通列車がないの。特急を使わないと明日になっちゃうよ」

「わかった。そろそろ乾杯しよう！」

「何に乾杯する？」

「そうね、二人の九州初上陸に乾杯ってどう？」

「良いわね。じゃあ、カンパ〜イ！」

◇

翌朝は延岡駅構内のコインロッカーに荷物を入れてから、バスセンターで1日乗車券を購入する。

08時45分発の路線バスで高千穂方面へ向かった。

「ねえ見てよ、駅みたいな場所にバス停があるのね」

お姉さんの問いかけにイケちゃんが即答する。

「この路線は2008年まで高千穂鉄道があったの……その時の駅舎跡だと思う」

「ふ〜ん。そうなの、なるほどね」

1時間半以上を要して終点の高千穂バスセンターにたどり着いた。

「意外と栄えている気がする……」

「そうね。鉄道があったころはもっとにぎわっていたのかも」

「バスの待ち時間はお茶しよう」

イケちゃんの提案でティータイムをしてバスを待つ。


コミュニティバスに乗って天岩戸神社に到着。鳥居を通り抜け、まずは西本宮《にしほんぐう》拝殿にて参拝する。

その後はさらに先へと進み、岩戸川に沿って天安河原《あまのやすがわら》まで移動した。太鼓橋を渡ると、やおよろずの神が集まったとされる河原に着いた。

『とっても神秘的だわ』と、お姉さん。

『うん、最強のパワースポットかも』と、イケちゃん。

二人とも口を開けたまま、黙って周囲を見渡していた。ツーショットを撮り、時間をかけて遊歩道を引き返す。

「来て良かったわ」

「まだ終わっていないよ」

そう言いながら、イケちゃんは先へと歩き出す。岩戸川に架かる天岩戸橋を渡ると、ひっそりとした場所にたどり着く。

「ここが東本宮《ひがしほんぐう》よ」

イケちゃんに言われて参道を見る……観光客の気配がありません。

「随分と静かね……とても神秘的」

「西本宮とは雰囲気が全然違うね」

東本宮拝殿で手を合わせ、さらに左奥へ進むと『七本杉《ななほんすぎ》』があった。

「これって7本よりも多くない？」

お姉さんの言葉を聞いてイケちゃんは杉を見上げる。

「上を見ると多いけど、根元は7本なのかも」

二人は深呼吸をしてから東本宮を後にした。バス停に戻って時刻を確認する。

「あら、何だかんだで2時間半も経過しているわ」

そう言って、お姉さんは屈伸運動を始めた。

高千穂バスセンターに戻ると、今度は徒歩で高千穂神社へ。参道に差しかかると、まだ午後3時前なのに灯籠《とうろう》に明かりがありパワースポットらしい雰囲気である。二人は茅《ち》の輪《わ》くぐりをしてから参拝をした。

延岡駅に着くと空は薄暗くなり、列車からの車窓は次第に漆黒《しっこく》の闇に包まれていった。

「乗りすごして博多まで行ったらシャレにならないね」

イケちゃんが軽い気持ちで言うと、お姉さんは真顔で言う。

「アラームをセットしましょう」

しばらくおしゃべりしていたが、いつの間にか寝てしまった。アラームのおかげで寝すごすこともなく無事に小倉駅で下車した。コンビニで買い物をしてホテルにチェックインする。いつものルーティンをして、午前1時ころに就寝となる。

◇

ホテルを出発してからは、下関駅経由で山陰本線に乗り目的地へ向かう。旅のしおりを見て『これ何て読むの？』と、お姉さんが言う。

『こっといって読むらしいわ』と、イケちゃん。

特牛駅に到着後、お姉さんはホームの駅名標を撮影。路線バスに乗ると前寄りのシートに座る。発車して数分後、バスの前方に角島大橋が見えてきた。

「まあ、ステキな橋！」

お姉さんが小声で叫ぶ。

「歩いて渡ってみたかったな」

イケちゃんのつぶやきがあり、車内から何枚も撮影した。

灯台公園前バス停で降りると、すぐに灯台が見えた。受付をして灯台にのぼる。いつものように二人同時に展望エリアに出た。お天気は上々で遠くまで見渡せる。

「ちょっと寒いけど、見晴らしは最高ね」

お姉さんは教会の方を見ながら言った。

「ホント、よくぞ晴れてくれました。ラッキーね」

イケちゃんは恒例の儀式を始める。

「角島灯台は、総御影石《みかげいし》造りによる無塗装の灯台です。日本には2ヶ所しか存在しないって書いてあるよ」

「もう1ヶ所はどこにあるの？」

「瀬戸内海の男木島《おぎしま》灯台だって」

「ふ〜ん。続けて……」

「角島灯台は日本海側で初めての洋式灯台です。初点灯は明治9年3月で、約34キロメートル沖合いまで光が届くそうよ。あっ、ここも第1等灯台でAランクの保存灯台よ。それから日本の灯台50選や近代化遺産や重要文化財に指定されています。周辺一帯は、北長門《きたながと》海岸国定公園です。以上」

「はい、いつもありがとう。角島灯台ってスゴイのね」

景色を堪能《たんのう》したので灯台を下りて周辺を散策する。

「駅に戻るバス停へ移動しましょ」

歩き始めると、上空には数匹のトビが旋回している。路線バスに乗り込むとお姉さんが言った。

「せっかく来たのに、角島の滞在時間って2時間もなかった気がするわ」

「路線バスも列車も本数が少ないからね……仕方ないのよ」

山陰本線に乗るとイケちゃんが言う。

「出雲市駅までは約7時間半……途中下車して夕食にします」

青春18きっぷの特性を最大限に生かして、益田《ますだ》駅や江津《ごうつ》駅で途中下車をしてすごす。

午後9時半すぎ、ようやく出雲市駅にたどり着いた。コンビニ経由でホテルにチェックイン。明日の出発時刻を確認してから、それぞれの部屋に入室する。

第11灯目

参観灯台めぐり完結と新たなる旅立ち

第11灯目　参観灯台めぐり完結と新たなる旅立ち

翌朝はとてもおだやかな天気だ。出雲市駅構内のコインロッカーに荷物の大半をあずけてから路線バスに乗車する。

午前8時半ころ、出雲日御碕灯台付近のバス停に到着。日御碕神社をスルーして、まずは灯台へ。海岸近くの坂道に出ると真っ白いロウソクのような姿の灯台が見えた。

「超ステキ！　参観灯台めぐりのラストにふさわしいかも」

イケちゃんはハイテンション状態だ。

「スラッとしているわ……展望エリアがかなり高いのね」

灯台の受付へ行くと係員のオバ様たちが迎えてくれた。そして係員による出雲日御碕灯台の説明が始まる。丁寧《ていねい》な説明を聞き終わった後、イケちゃんが係員に伝える。

「私たちは参観灯台めぐりをしていて、ここが最後になります」

すると係員のオバ様たちが言う。

「私たちはね、ここしか知らないのよ。良かったらほかの灯台の話を聞かせてほしい」

「見学が終わったらお話ししますね」

イケちゃんが笑顔でこたえた。

二人は靴を脱いでスリッパにはきかえた。参観灯台では唯一となる土足禁止スタイル。階段は今まで行った灯台にはないタイプであり、下りて来る人とすれ違うポイントが少ない。最も高さがある灯台なので、一気にのぼるのはキツイ。今までで最長の時間をかけて展望エリアにたどり着く。二人で同時に外の景色を見ると……。

水平線がハッキリ見える。灯台のレンズを見上げると大きくて迫力があり、灯台の下を見ると青白い波が広がっていた。

「最高の天気に恵まれたわね。私たちって本当に強運かもしれないわ」

お姉さんの言葉に、イケちゃんはニッコリほほえむ。貸し切り状態なので、全方向の写真や動画を撮りまくる。そしてツーショットを収めてから景色に没頭《ぼっとう》した。しばらくしてお姉さんが言う。

「イケちゃん、アレお願いね」

「受付で説明してもらったよ。別にいいんじゃないかな」

「そうかもしれないけど、ここがしめくくりなんだよ。あの儀式がないと寂しいわ」

「そうなの。わかった、チョット待ってね。えっと、出雲日御碕灯台は石造りの灯台としては日本一の高さを誇る洋式灯台です。これはさっき受付で聞いたわね。初点灯が明治36年4月。約39キロメートルの沖合いまで光が届くそうよ」

「ちょっと待って……『クシュン』……まぶしくてくしゃみが出ちゃったわ」

「続けるね。世界灯台100選や日本の灯台50選に選定されていて、Aランクの保存灯台であり第1等灯台でもある貴重な灯台ですって……周辺一帯は大山隠岐《だいせんおき》国立公園の一部で、景勝地としても抜群の立地だそうです。以上」

「最後の最後まで、どうもありがとう。あ～、これでクリアか。達成感ってすぐにはわいてこないわね。イケちゃんはどう？」

お姉さんに聞かれたが、イケちゃんは遠くの方に視線を向けたままで思案中。お姉さんはイケちゃんの心中を察して放置する。数分後、他の観光客が来た。するとイケちゃんが言った。

「クリアしたけど私もピンと来ないわ。さあ、受付の人たちと灯台の話をしましょ！」

二人は階段をゆっくり下りる……結構時間がかかった。

受付へ行くとオバ様たちが手招きしている。

『とってもステキなながめでした』と、お姉さんが言う。

「あなたたちは車で来たの？」

「いいえ、路線バスです」

「あら、お昼までバスはないわよ」

「ええ、承知しています」

「じゃあ、お茶しながらゆっくり話を聞かせてよ」

『ハイ、かしこまりました！』と、イケちゃんが言った。

それから約2時間……灯台談義で盛り上がった。出雲日御碕灯台を立ち去ると、日御碕神社で手を合わせてからバス停で待機。12時40分ころ、定刻より遅れて電鉄大社前バス停に到着した。大きなしめ縄を見てから拝殿にて手を合わせる。

「何をお願いしたの？」

「ひみつ。イケちゃんは？」

「えっ、それじゃあ私もヒミツ」

二人そろっておみくじを引くと……。

「お姉さん、どうだった？」

「小吉よ。あとは内緒ね」

「ふ〜ん。私は凶だった……あとはナイショにする」

おみくじはイマイチだったが、境内の撮影をして楽しむ。最後に長く続く参道を上がって行き、出雲大社の参拝が終わった。

「出雲そば食べようか？」

「うん、食べる！」

二人は少し遅い昼食タイムをしてから電車に乗った。一畑電車で出雲市駅へ戻り、荷物を回収して列車に乗る。

「鳥取駅までは4時間以上もあるからさ、ゆっくり昼寝できるわよ」

「そうする。お姉さん、おやすみ」

イケちゃんは目を閉じてしまった。灯台の展望エリアにいた時からイケちゃんの様子が『なんとなくだけど変だな……』と、お姉さんは感じていた。

午後7時すぎに鳥取駅に到着。明日の朝に乗るバスの乗り場を確認してからホテルへ向かった。チェックインの直後にお姉さんが言った。

「ねえ、外で食事しようか？」

イケちゃんがうなずき、30分後にロビーに集合となる。フロントスタッフの人から聞いたオススメの店に入る。二人は梅サワーで乾杯した。

「ねえ、疲れてる？」

「うん、ちょっとだけ。でも大丈夫よ」

「何かあるなら言ってね」

するとイケちゃんがポツンと言う。

「終わっちゃったね」

「えっ、何が？」

「参観灯台めぐりのことよ」

「そうね、ついにクリアしたわね、最初は無理かなって思ったけれど、2年半かけて全部行った……あれ？　今ごろになって達成感が……」

お姉さんのうれしそうな顔を見て、イケちゃんの表情が少し明るくなる。

「私も達成感はあるけど、それと同じくらい喪失感《そうしつ》がある……終わっちゃったってね」

お姉さんはイケちゃんが酔いつぶれる可能性が高いと思い、早めに切り上げてホテルに戻った。

「明日は7時すぎにホテルを出るよ。大丈夫かな……朝6時に起こそうか？」

お姉さんの言葉にイケちゃんが言った。

「お願いします。じゃあ、おやすみなさい」

やはり様子が変だなと思いつつ、一晩寝れば元に戻るかもとお姉さんは思った。

◇

翌朝は鳥取駅構内のコインロッカーに荷物をあずけてから、路線バスで鳥取砂丘へ。最寄りのバス停に到着して少し歩くと、遠くの方に小高い丘のような砂山が見える。

「あそこまで行くのかしら？」

「さあ、がんばって進もう！」

今朝のイケちゃんは、元気でいい表情をしている。

「靴の中に砂が入ってくるわ！」

お姉さんは口を『へ』の字にしている。

「当たり前でしょ……砂丘なんだから。お姉さん、あのテッペンへ行こう」

滞在時間は2時間あるので無理せずゆっくりと進む。バス停から30分以上もかかって砂山のテッペンに着いた。

「わ～日本海だ。風が冷たいけど気持ちいい」

お姉さんは汗を拭きながらご満悦《まんえつ》だ。

「海岸を見てよ、ここって結構高くない？」

そう言いながら、イケちゃんは鳥取砂丘を検索中。

「やっぱり……40メートルくらいの高低差だって」

雲の切れ間から太陽の光が差してきた。

「イケちゃん、シャッターチャンスよ」

東の方を見ながらツーショットを撮る。砂山のテッペンからは、空と海と大量の砂しか見当たらない……だけど、ものスゴク楽しいと二人は感じている。景色も撮影も満足したのでバス停に向かって移動するが砂の斜面を下るのは大変だ。さっきよりも靴の中に砂が入って重いから、なかなか前へ進めない。

二人とも無言のまま悪戦苦闘している。30分以上かけて足場が平らな場所に着いた。

「疲れたけどさ、面白かったね。来て良かったわ」

お姉さんは息を荒げながら言っていた。

「結構キツかったけど、今は爽快《そうかい》な気分よ。私も来て良かったと思う」

鳥取駅に戻り、カフェで休憩してから山陰本線に乗車。金沢駅までの大移動が始まる。午後3時すぎに綾部《あやべ》駅に到着。1時間以上の乗りつぎ時間があるので駅の外へ出た。

「青春18きっぷは、こんな時だけは本当に便利よね！」

今旅では3度目の途中下車に、お姉さんは楽しそうだ。イケちゃんは寝起きなので何も言わずにうなずいている。その後は効率の良い乗りつぎをくり返し、午後10時前に金沢駅に到着した。

『お尻と背中が痛いわ』と、お姉さん。

『寝すぎて首が痛いの』と、イケちゃん。

駅の近くのホテルにチェックイン。最後の宿泊は一緒の部屋だった。

『これはイケちゃんの演出なのかしら……』

そう思ったが、イケちゃんには何も聞かなかった。部屋に入ってひと息入れてから大浴場へ。風呂から上がると牛乳を買って部屋に戻る。

『明日は7時半にはホテルを出発よね』と、お姉さんが問いかける。

「路線バスで兼六園へ……それから金沢城へ……ひがし茶屋街でしめくくる。正午すぎの路線バスで金沢駅に戻るから約4時間だね」

「まだおみやげって買ってないわ。どこで買う？」

「ひがし茶屋街か金沢駅でいいと思うよ」

「そうだね。じゃあ、牛乳で乾杯！」

「ハイ、お疲れ様でカンパ〜イ！」

◇

翌朝は曇り空だった。ホテルを出て金沢駅構内のコインロッカーに荷物を入れる。路線バスで兼六園下バス停へ移動する。開門と同時に園内に入り散策開始。平日の朝なのに、観光客はそれなりにいる。雪つりの準備はされているが雪は積もっていない。

「雪景色は見られないのね」

「初めて来て雪景色なんて……運が良くないと無理かも。何度も訪れてようやく見られる景色ってさ、それはそれで良いのかもしれないわね」

お姉さんの言葉にイケちゃんはうなずく。池のまわりを歩き回り、午前9時をすぎていたので金沢城公園へと移動する。

菱櫓《ひしやぐら》や五十間長屋《ごじっけんながや》そして橋爪門《はしづめもん》続櫓《つづきやぐら》と橋爪門を見学した。さまざまな形や色合いの石垣を見てお姉さんは満足しているらしく、イケちゃんもいろいろと教えてもらった。かなり歩き回ったので少々疲れた……ひがし茶屋街へ移動して休憩タイム。その後は自分用のおみやげを買って散策終了。橋場《はしば》町《ちょう》バス停から金沢駅へ。金沢駅構内の店舗で、家族や職場の人へのおみやげを買う。

「これで全部終わったのね」

「ハイ。コインロッカーへ行きましょう」

イケちゃんのひと言で金沢でのイベントが終了。

潮岬灯台からスタートした参観灯台めぐりの旅は、足かけ3年で全国16ヶ所のすべてを制覇した。

エピローグ
終わりの始まり

エピローグ　終わりの始まり

それから約4時間後、高山市の渚駅に到着した。

「ウチに帰ってから買い出しに行こうね」

お姉さんの言葉にイケちゃんは黙ってうなずく。午後7時ころ、お姉さんの部屋で家飲みが始まった。

「まずは乾杯ね。イケちゃん、どうぞ！」

「ハイ。では、参観灯台めぐり完全制覇を祝して……カンパ〜イ！」

二人はホットワインで乾杯した。この時点で灯台めぐりの第7弾が終了となる。

「無事に帰って来られたけど、今回の旅が一番長く感じたわ。そう思わない？」

お姉さんがピザをカットしながら言った。

「自分たちで企画した旅行が段取り通りに進むってスゴイなって思った。事故に遭うこともなく、ケガや病気をすることもなく終えられたのは運が良かったのかも」

イケちゃんは過去の旅行を思い出しながら、しみじみとした口調で語った。

しばらくは旅行の思い出話で盛り上がっていたが、だんだんとイケちゃんの口数が少なくなった。

「どうしたの……眠くなった？」

お姉さんが問いかけても首を横にふるだけで返事がない。お姉さんはホットワインを飲みほして立ち上がる。トイレをすませて元の位置に戻るとイケちゃんが言った。

「ねえ、お姉さんは結婚しちゃうの……もう一緒に旅行へ行けないの？」

そう言うと、涙目になってお姉さんを見ている。

「えっ、何よ……急にどうしたの？」

お姉さんはチョット驚いた様子。

「前にさ、灯台で叫んでたよ……『結婚したい！』って。それから出雲大社でお参りした時に、何をお願いしたか教えてくれなかった。おみくじを引いた時もヒミツだって……」

「どうしたのよ。結婚したいなんてさ、年ごろの女性なら誰でも思うでしょ。願いごとやおみくじだってさ、誰かに話すとかなわないって言うじゃない。そんなことを気にしていたの？」

イケちゃんは立ち上がって言う。

「昨日の夜、寝ごとで言ってた……『私、結婚します！』って。昨日だけじゃないわ。今までにも何度も言ってた。やっぱり、お姉さんはカレシさんのことが忘れられないのよ。今でも結婚したいと思ってるのよ！」

「またその話？」

「私と灯台めぐりをしなければ、お姉さんは結婚できたかもしれない……」

まだ誤解《ごかい》しているイケちゃんの顔を見て、酔っ払っているわけではないと感じたがなんて言えばいいのかと悩んでしまう。イケちゃんはホットワインのグラスを両手でつかんだまま動かない。

「ねえ、それってただの寝ごとだよ。結婚する予定もないし、新しいカレシもいないわ。本音を言えば、年齢的には結婚したいけど……」

「やっぱり……頭の中は結婚だらけなのよ。元カレのことが気になっているんでしょ」

「はあ、元カレ……やめてよ、そんな昔の話。私の理想は高いからアイツは不合格なの。これから出会うダンナ様は、優しい王子様なんだからね。だから、あなたにステキな人を紹介してもらいたいって思っているかも。それにね……」

「それに何よ？」

「前にも言ったけど、私はあなたと旅行へ行くのが一番の楽しみなの！」

「私だって……」

「もう一緒に旅行はしないなんて私は言ってないわ。いつか結婚したとしても、あなたとの灯台めぐりをやめる気なんてないの。勝手に決めつけないでよ！」

お姉さんの表情はきびしく、やや強い口調になっている。


お姉さんが大きな声で言うので、イケちゃんも大きい声で言い返す。

「灯台めぐりは終わったでしょ。もう行く所なんてないよ！」

「なによ、参観灯台が終わったって灯台めぐりはできるわ。北海道だって四国だって、まだまだ訪問していない灯台が山ほどある……あなたは行きたくないの？」

お姉さんの気迫に押されてイケちゃんは何も言えない。イケちゃんが黙っているので、お姉さんが優しく言った。

「今度はさ、春になったら四国へ行こうよ。室戸岬灯台に足摺岬《あしずりみさき》灯台それから佐田岬《さだみさき》灯台……私はこんぴらさんの石段にチャレンジしたいわ」

すると、今度はイケちゃんがボソボソっと話し出す。

「私は夏になったら北海道へ行きたい。宗谷岬《そうやみさき》灯台や知床岬《しれとこみさき》灯台、そして納沙布岬《のさっぷみさき》灯台や襟裳岬《えりもみさき》灯台……それからチキウ岬灯台や神威岬《かむいみさき》灯台へも行くの……」

「あら、知床岬灯台ってさ、民間人が近寄れないでしょ」

「観光船で海上から見られるわ」

「私たちってさ出雲大社で参拝したけど、それだけでは御利益がイマイチらしいよ。美保神社にもお参りに行かないとね。そうすれば美保関《みほのせき》灯台にも行けるよ」

「美保関灯台って世界灯台100選に選ばれている灯台でしょ。絶対に行かなくっちゃ」

「私はさ『津軽海峡・冬景色』の龍飛埼《たっぴさき》灯台に行って歌いたいわ」

「だったら私は禄剛埼《ろっこうさき》灯台へ行って『能登半島』を歌うわ」

「それってさ、どっちも『天城越え』で有名なさゆり様の歌よね」

「うん。お母さんがよく歌ってた。『津軽海峡・冬景色』は、さゆり様が19歳の時に歌っていたらしいよ」

いつの間にか、イケちゃんの表情が明るくなっている。

「どうするの……これからも、私と一緒に灯台めぐりを続ける？」

お姉さんがイケちゃんの顔をのぞきこみながら問いかける。

「素直じゃないわね。行きたいって言うなら別にいいよ……」

「お姉ちゃんの変な寝ごとが原因でしょ！」

「アンタが勝手にカン違いしたんでしょ！」

どちらも一歩も引く気配はなさそうな雰囲気だ。本当の姉妹のような言い合いになり、お互いをにらんでいる。すると、同時に吹き出して大笑いした。

「お姉ちゃんの顔、まるで変顔みたい」

「アンタの顔だって化粧がくずれてバケモノだよ」

二人は笑いながら洗面所へ行って顔を洗う。


顔を洗い終えて、二人はテーブルで向かい合って座ろうとしている。

「ねえ、私のとっておきのコレクション見る？」

タオルで顔を拭きながらお姉さんが言った。

「何、スマホで撮った写真のこと？」

「アンタの寝顔だよ〜」

そう言いながら、お姉さんはスマホの写真を見せた。

「ナニコレ。完全なる盗み撮りよね」

「ちゃんと撮りますよ〜って言ったわ」

「寝ているから返事なんてできない。ずるい！」

「みごとなスッピンのオンパレードね」

お姉さんの笑い声が止まらない。イケちゃんは仕返しをしようと思い、スマホを取り出してお姉さんに写真を見せた。

「私はね、お姉さんのフルヌードを持ってるわ」

お姉さんは驚いてスマホの写真をのぞきこむ。客室内の露天風呂に入る時の後ろ姿だ。顔は写っていないが、このハダカが明らかに自分だとわかる。

「やめて。お願い消して……お嫁に行けなくなっちゃう！」

「なおさら消せないわ。切り札として残しておく！」


二人はスマホの奪い合いをしてじゃれ合っていたが、興奮が収まるとグラスを片手にして静かに語り出す。

「日本にはさ、大小さまざまな灯台が3千ヶ所以上もあって、私たちが訪問したのは、その1パーセント未満なのよね」

お姉さんに続いてイケちゃんが言った。

「その中で保存灯台として分類されている明治時代に建設された現役の灯台は67基……。まだまだイッパイあるのね」

「参観灯台めぐりだけじゃさ、もったいないってことよ」

「有名観光地だって、訪問したのはほんの一部よね」

「そうそう。私たちの灯台めぐりは第二章に突入するわよ」

「うれしいな。お姉ちゃん、乾杯し直そう」

「それじゃ、灯台めぐり第二章のスタートに乾杯！」

「私たちの未来にも……カンパ～イ！」


（完）

あとがき

半世紀も生きていて「参観灯台」という用語を聞いた記憶がなかった。気まま旅をするようになって約5ヶ月後、犬吠埼灯台を訪問して初めて灯台にのぼった。旅日記を書き残しているので当時の心境は確認できるが、数年後に全部の参観灯台にのぼることになるなんて……当時は夢にも思わなかったです。

『螺旋階段をのぼって展望エリアへ行き水平線をながめる』……どこの灯台でも同じ光景だと思われそうですが、実際に行ってみると全然違いました。灯台にたどり着くまでのルートや、灯台が建っている立地によって全く印象が異なります。

参観灯台を管轄する関係者様より、近年は参観灯台の来訪者が激減しているという実態を聞きました。自分が体験した感動を小説で表現することで、微力ながら来訪者数の増加に役に立ちたいと願っています。

さまざまな偶然が重なって本書の出版プロジェクトが始まりました。私の小説を書籍化することをすすめてくださった幻冬舎ルネッサンス 企画編集部の田中様、そして編集担当として素敵な提案や丁寧な助言をしてくださった幻冬舎ルネッサンス 編集部の山下様、大変お世話になりました。改めまして厚く御礼申し上げますと共に、今後もよろしくお願いいたします。

【著者プロフィール】

伊坂 勝幸（いさか かつゆき）

昭和36年9月15日　東京都墨田区生まれ。

50歳になり会社勤めに区切りをつけ、満を持して旅人へと転身した。独り者なので誰に相談することもなく気ままに旅をしようと思い立ち、経済的なことや再就職のことを考えずに成り行きまかせのスタートだった。

JR北海道全線制覇を目指した最初の気まま旅から、全国津々浦々を巡り5年7ヶ月も続いた。

再就職をしてからも年に数回のペースで気まま旅を継続中。

ふたりの渚《なぎさ》
～水平線《すいへいせん》を見《み》に行《い》こう！～

2023年5月1日　第1刷発行

著　者　　伊坂勝幸
発行人　　久保田貴幸

発行元　　株式会社 幻冬舎メディアコンサルティング
〒151-0051　東京都渋谷区千駄ヶ谷4-9-7
電話　03-5411-6440（編集）

発売元　　株式会社 幻冬舎
〒151-0051　東京都渋谷区千駄ヶ谷4-9-7
電話　03-5411-6222（営業）

印刷・製本　中央精版印刷株式会社
装　丁　　弓田和則

検印廃止

ISBN 978-4-344-94415-2 C0093
幻冬舎メディアコンサルティングＨＰ
https://www.gentosha-mc.com/